dtv

Ob Ferien mit der Familie in Anatolien, Männerurlaub mit dem Kollegen Hans aus Halle 4, ein Trip nach Oberbayern oder eine Lesereise nach New York – unser Vorzeige-Einwanderer kommt viel herum, und der Leser mit ihm. Wir begleiten ihn an die türkische Riviera, auf den Basar in Istanbul, zum Zelten an die Nordsee und einmal sogar bis nach New York.

Dass bei diesen Reisen nicht immer alles nach Plan läuft, hat nicht nur Osmans Frau Eminanim zu verantworten, die oft mit von der Partie ist. Auch das Passamt in Ankara und die türkische Polizei legen ihm allerlei Steine in den Weg.

Während Osman Engin in gewohnter Manier seine deutschen und türkischen Landsleute scharfsinnig aufs Korn nimmt, gibt es am Rande allerlei nützliche Urlaubstipps: beispielsweise wie man am besten mit potenziellen Terroristen oder »Trämpern, den schlimmsten aller Sozialschmarotzer«, umgeht.

Osman Engin, 1960 in der Türkei geboren, lebt seit 1973 in Deutschland. Er schreibt Satiren für Zeitungen, Zeitschriften und den Rundfunk. 2006 wurde er für seine Hörfunkbeiträge mit dem ARD-Medienpreis ausgezeichnet. Bei dtv sind seine Romane ›Kanaken-Gandhi‹ (20476) und ›GötterRatte‹ (20708) sowie vier Satiren-Bände erschienen. Weitere Informationen über den Autor unter: www.osmanengin.de

Osman Engin

Don Osman auf Tour

Mit Cartoons von
Til Mette

Deutscher Taschenbuch Verlag

Von Osman Engin
sind im Deutschen Taschenbuch Verlag erschienen:
Kanaken-Gandhi (20476)
GötterRatte (20708)
Oberkanakengeil (20631)
Don Osman (20799)
West-östliches Sofa (20908)
Getürkte Weihnacht (20931)

Originalausgabe
Juni 2007
Deutscher Taschenbuch Verlag GmbH & Co. KG,
München
www.dtv.de

Umschlagkonzept: Balk & Brumshagen
Umschlagbild: Til Mette
Gesetzt aus der Linotype Bodoni Book 10,25/13,5'
Satz: Greiner & Reichel, Köln
Druck und Bindung: Druckerei C. H. Beck, Nördlingen
Gedruckt auf säurefreiem, chlorfrei gebleichtem Papier
Printed in Germany · ISBN 978-3-423-20996-0

Inhalt

Reise-Paranoia

Ich habe alles gepackt.

Morgen früh fahre ich in die Türkei. Aber freut euch nicht zu früh, es ist nicht für immer. Ich fahre nur drei Wochen in Urlaub.

Weil ich für die Reise etwas mehr Geld bei mir führe – sonst gibt mir meine Frau ja überhaupt nichts –, hat meine liebe Gattin alle großen Geldscheine in meine Unterhose eingenäht.

»Osman, hier ist es bestens versteckt. Das Geld findet garantiert kein Mensch«, freut sie sich.

»Und was ist, wenn sie mich vergewaltigen?«, frage ich.

»Welcher Triebtäter hat denn schon so einen schlechten Geschmack?«, ruft sie.

»Aber was passiert, wenn ich Durchfall bekomme?«, sage ich besorgt.

»Du musst das Geld in der Türkei sowieso gegen türkische Lira umtauschen«, beruhigt sie mich.

Die Nacht vor der Reise will einfach nicht vergehen. Erst kann ich überhaupt nicht einschlafen. Und wenn ich dann den Fehler mache, doch ganz kurz einzuschlafen, dann bekomme ich sofort grässliche Alpträume: Unser Auto wird mitten in Belgrad geklaut; das Schlimmste daran ist, dass wir mit im Auto sitzen. Später stellt sich heraus, dass wir nicht in Belgrad, sondern in Novosibirsk sind. Kein Mensch macht normalerweise so einen Umweg über Sibirien!

Am nächsten Morgen klingeln mich meine beiden Arbeitskollegen Hüseyin und Nurettin, mit denen ich in die Türkei fahren will, brutal aus dem Bett.

Als ich mein Handgepäck einladen will, entdecke ich, dass der fast neue Ford-Transit von Hüseyin – der Wagen hat höchstens 15 Jahre auf dem Buckel – wie ein dreistöckiges Haus aussieht. Ich frage meinen Kumpel verwundert:

»Hüseyin, wie soll ich denn meine fünf Koffer da raufkriegen?«

»Kein Problem, Osman! Die packen wir doch ganz locker oben drauf«, sagt er.

Misstrauisch frage ich:

»Wo obendrauf?«

Da sehe ich, dass Nurettin schon dabei ist, mit meinen Koffern auf dem Wagen kunstvoll ein viertes Stockwerk zu bauen.

Ich stottere schockiert:

»Bist du sicher, dass das hält?«

»Vertraue auf Allah, sein Wille ist mächtig.«

»Ja, aber können wir auch deinem Auto vertrauen?«

Zärtlich streichelt Hüseyin über den rostigen Kotflügel, so wie man einem guten Pferd übers Hinterteil streicht. Schlägt dann zweimal mit der flachen Hand – patsch, patsch – auf den Kotflügel und ruft stolz:

»Fährst du einen tollen Ford – fühlst du dich wie ein echter Lord!«

»Wenn meine Koffer verloren gehen – gibt's einen schönen Mord«, rufe ich sauer.

Endlich fahren wir los. Hüseyin fährt, Nurettin schläft auf der Rückbank, weil er gerade erst Feierabend hatte, und ich hocke auf dem Beifahrersitz. Nicht direkt natürlich. Unter mir stapeln sich noch drei Wandteppiche mit Bosporusbildern in

Neonfarben (Mäyd in Chaina) und ein Schnellkochtopf aus garantiert rostfreiem Stahl.

In der Nähe von Passau telefoniere ich kurz nach Hause, um meiner Frau Eminanim Bescheid zu sagen, dass wir gleich über die Grenze fahren.

»Wir sind gleich in Österreich«, rufe ich am Telefon meiner Frau fröhlich zu.

»Viel weiter wärst du sowieso nicht gekommen«, brüllt sie, »dein Pass und deine Papiere sind nämlich noch alle hier in Bremen!«

In der Scheibe der Telefonzelle entdecke ich, wie blass ich werden kann.

»Waaaaas?«, schreie ich. So laut, dass sogar die durchrasenden Fahrer auf der Gegenfahrbahn die Köpfe nach mir umdrehen.

Die Papiere hatte ich sicher in meiner Hosentasche deponiert. Heute Morgen habe ich für die Fahrt eine neue Hose angezogen.

»Warum sagst du mir das jetzt erst?«, schimpfe ich.

»Ich wollte es dir ja sagen. Ich bin sogar die ganze Zeit hinter eurem Auto hergelaufen. Aber ihr habt nicht angehalten. Du hast nur doof gegrinst und gewinkt.«

»Aber ich dachte, du rackerst dich aus Trauer wegen meiner Reise so ab, dass du bis zur Autobahnausfahrt hinter uns herläufst.«

Ich komme als ein gebrochener Mann wieder aus der Telefonzelle heraus und sage zu meinen Freunden:

»Kommt, Jungs, lasst uns wieder nach Bremen zurückfahren.«

»Geht's dir noch gut? So früh schon Heimweh nach Bremen?«, fragt Hüseyin.

Nurettin starrt mich nur entgeistert an.

»Leute, wir müssen zurückfahren! Wir brauchen doch meinen Pass, sonst kommen wir an den Grenzen nie durch«, sage ich halb feststellend, halb weinend, halb erpresserisch,

»Wenn wir dich nicht dabeihaben, brauchen wir auch deine Papiere nicht«, meint Nurettin ganz trocken.

»Wir sind in der Nähe von Passau. Du kannst deine Papiere dort hinschicken lassen und dann von hier mit dem Bus in die Türkei weiterfahren«, meint Hüseyin.

Diese Idee gefällt Nurettin entschieden besser als mir. Eine Sekunde später entdecke ich ihn bereits, wie er vom vierten Stock des Dachgepäckträgers meine Überseekoffer runterschmeißt.

»Brüder, nehmt doch wenigstens mein bisschen Gepäck mit«, flehe ich die Unmenschen auf Knien an. »Wie soll ich diese Riesenkoffer denn ohne Auto transportieren?«

Da zeigt sich, welch gütiger Mensch in Hüseyin steckt. Wer hätte das gedacht!

»Nun gut, wir wollen mal nicht so sein. Du kannst deine Koffer in meinem Haus in Hakkari abholen.«

Ohne mit der Wimper zu zucken, lassen die beiden mich stehen. Nur der Ford-Transit zuckt noch zweimal. Aber der hat keine Gewissensbisse, dessen Kühler ist nur heiß gelaufen. Mit dem ganzen Auto, all den Stockwerken und dem verbeulten Schnellkochtopf aus garantiert rostfreiem Stahl fahren sie weg.

Und ich stehe auf einer verlassenen Autobahnraststätte irgendwo in der bayerischen Provinz. Also strecke ich den Finger in den Wind und versuche zu trämpen. Aber kein Mensch nimmt mich mit. Alle Fahrer starren mich neugierig an und fahren weiter. Aber ich bin nicht sauer. Wenn ich Auto fahre, nehme ich ja auch niemanden mit. Ich halte höchstens bei Mädchen an, aber nur bei ganz hübschen Mädchen mit blau karierten Blusen.

Nach fünf Stunden und 43 Minuten hält tatsächlich ein LKW und nimmt mich mit. Über Geschmack soll man bekanntlich nicht streiten! Ich hätte mich nie mitgenommen.

Da fällt mir siedend heiß ein, dass jetzt meine Geldscheine in größter Gefahr sind. Zu oft habe ich gelesen, was kleinen Mädchen beim Trämpen alles passieren kann.

Zu meiner Überraschung und Enttäuschung komme ich ohne Zwischenfälle in Passau an. Es ist mitten in der Nacht.

Ich gehe in die nächste Kneipe, um dort die Nacht zu verbringen. Als ich ein bayerisches Weißbier getrunken habe, merke ich, dass ich mein Portmonee in der Telefonzelle auf dem Autobahnrastplatz liegen gelassen habe. Ich war völlig durcheinander wegen der vergessenen Papiere. Und diesmal ist nicht mal meine Frau schuld. Oder doch! Schließlich hätte sie mir die Katastrophe behutsamer beibringen können.

»Muss ich denn das Bier bezahlen?«, frage ich den Wirt.

»Du konnst froh sei, doss i di ibahapts do nei lass! Du Türk, du ausgschammter!«

»Ich hege die Befürchtung, dass ich mein Kleingeld leider nicht dabeihabe«, gebe ich schüchtern zu bedenken.

»Konnst koa gscheids Deitsch, Depp du?!«

Es scheint, dass ich nicht drum herumkomme, etwas Geld aus meiner Unterhose zu ziehen.

Gegen drei Uhr morgens gehe ich zum Bahnhof, um im Wartesaal doch noch etwas zu schlafen.

Als mich gegen Morgen die Bahnpolizei lautstark weckt, merke ich, dass ich auf dem Passauer Bahnhof besser geschlafen habe als gestern in meinem Bett. Man sollte öfter auf

Bahnhöfen übernachten. Nur meine Jacke ist inzwischen total dreckig. Instinktiv fasse ich mir blitzschnell zwischen meine Beine. Allah sei Dank, es ist noch alles da – das Geld meine ich.

Ich mache mich auf den Weg zum Postamt. Gestern Abend habe ich noch bei meiner Frau angerufen, damit sie mir meine Papiere sofort per Express zuschickt.

»Haben Sie ein Expresspaket erhalten, adressiert an Osman Engin?«

Der Beamte wühlt sich durch einen Berg von Paketen.

»Ja, hier haben wir eines.«

Ich freue mich riesig, endlich meine Papiere wiederzubekommen. Auf meine Eminanim ist doch Verlass.

»Bitte zeigen Sie mir Ihren Ausweis«, sagt er.

Ich greife zur Jackentasche. Nichts zu finden. Auch in der Hose ist nichts. Na, wie denn auch? Schließlich bin ich doch wegen des Passes hier.

»Sie halten meinen Pass bereits in der Hand. Er ist in dem Paket.«

»Ich bin nicht berechtigt, dieses Paket zu öffnen. Bitte zeigen Sie mir Ihren Führerschein oder etwas anderes.«

»Aber alle meine Papiere sind in dem Paket drin«, rufe ich.

»Das kann ja jeder behaupten!«, brummt der Postmann und schmeißt mein Paket wieder zurück auf den Berg.

So nah war ich meinen Papieren seit zwei Tagen nicht mehr. Aber bekommen kann ich sie trotzdem nicht.

Nicht mal bei der Ausländerpolizei machen sie so ein Theater wegen eines blöden Passes. Die stecken einen höchstens in Abschiebehaft.

Verzweifelt suche ich einen Weg, um meine Existenz zu beweisen. Ich sehe ein, ohne meinen Pass bin ich ein Nichts. Ein

Niemand. Nicht mal Osman Engin. Der Rest der Menschheit behandelt mich wie Luft; wie Luft bei Smogalarm Stufe 1.

»Schauen Sie mich doch mal bitte an«, sage ich dem Beamten, »wie könnte ich mit so einem Gesicht denn sonst noch heißen außer Osman?«

Sorgsam betrachtet er meinen Kopf von rechts bis links. Mein Argument scheint ihm einleuchtend.

»Na gut, zu Kontrollzwecken werden wir dieses Paket mal öffnen. Aber Sie müssen noch 2,50 Euro Nachgebühr zahlen«, ruft er aus seinem Schalter.

Damit ich aus meiner Unterhose das Geld herausholen kann, lasse ich die Hose fallen.

»Mein Gott, behalten Sie Ihre Hose an. Ich habe ja nicht gewusst, dass Sie so arm sind.«

Mit meinem Pass in der Hand verlasse ich strahlend das Postamt von Passau. Mit der Bundesbahn erreiche ich gegen Mittag den Münchener Bahnhof. Ich habe ungeheures Glück, in knapp drei Stunden fährt ein Bus in die Türkei.

Als der Bus endlich startet, bin ich restlos zufrieden. Ich stecke meine Papiere ganz ordentlich in die Innentasche meiner Jacke. Und die hänge ich gut sichtbar direkt neben meinem Sitz auf. Danach versuche ich etwas zu schlafen. Aber es klappt nicht. Bei dem Gerumpel kann kein Mensch einschlafen. Schade, dass dieser Bus keinen Wartesaal zum Schlafen hat.

In Serbien wird kurz hinter der Grenze gehalten zur Kaffeepause. Alle steigen aus, um schnell etwas zu trinken. Als ich die Cafeteria betrete, sind die meisten Leute schon mit dem Kaffeetrinken fertig. Ich bestelle einen Kaffee mit viel Zucker. Als ich endlich meinen leckeren Zucker mit Kaffeegeschmack bekomme, beobachte ich, wie die Fahrgäste langsam zum Bus laufen. Als Letztes spazieren auch die beiden Fahrer wieder zum Bus. Aber da muss ich mir keine Sorgen machen. Ich weiß, dass die auf mich warten. Der Fahrer zählt die Leute durch, und wenn einer fehlt, dann merkt man es ja und wartet solange. Im selben Moment sehe ich meinen Bus abfahren. Bei Allah, kann der Trottel nicht richtig zählen, oder was?

Ohne zu bezahlen, rase ich hinter dem Bus her.

»Wartet, ihr habt mich vergessen!«

Ich schreie, pfeife, winke mit beiden Armen und renne wie ein Irrer. Aber der Bus wird immer schneller. Ich laufe weiter hinter dem Bus her. Es ist Nacht, die können mich bestimmt nicht mehr sehen. Ich hatte meine Papiere erst seit ein paar Stunden wieder zurück. Jetzt sind sie schon wieder weg. Der verdammte Bus wird immer schneller und schneller, ich werde immer langsamer und langsamer. Dazu auch noch heiser. Ich bin mal wieder alles los: Pass, Führerschein, Geburtsurkunde, Impfausweis, Lottoschein und all die anderen Papiere. Zur Krönung habe ich jetzt auch noch meine Jacke verloren.

Bei Allah, was soll ich ohne Ausweis mitten in Serbien? Mein Serbisch ist noch schlechter als mein Bayerisch.

Eine ältere Dame hält am Straßenrand und fragt mich auf Serbisch, ob sie mich in ihrem Auto mitnehmen soll. Als ich schon fast eingestiegen bin, fällt mir meine Unterhose bzw. mein dort eingenähtes Geld ein. Woher weiß die Frau davon? Warum sonst würde sie mich wohl mitnehmen wollen? Entweder sie will meine Unterhose oder mich vergewaltigen. Aber beides kommt auf das Gleiche heraus: mein Geld.

Hastig sage ich auf Deutsch mit serbischem Akzent:

»Ich nix fahren Auto. Ich Serbe, ich hierbleiben«, und steige blitzschnell wieder aus.

Während ich mit dem Gedanken spiele, zur Polizei zu gehen und die serbische Staatsbürgerschaft zu beantragen, sehe ich meinen Bus in der Ferne anhalten. Die Warnblinkanlage leuchtet auf. Mein lieber Bus kommt zu mir zurück. Ich brauche keinen serbischen Pass mehr zu beantragen. Wo ich nicht mal auf meinen deutschen aufpassen kann.

Als ich dann später tatsächlich wieder im Bus sitze, beschließe ich, Allah zum Dank ein Schaf zu schlachten, sobald ich in der Türkei bin. Aber warum soll ein armes, unschuldiges Schaf dafür büßen, dass ich so chaotisch bin?

Zum Glück hatte mein Nachbar im Bus gemerkt, dass ich fehlte und dem Fahrer Bescheid gesagt. Jetzt soll noch einer sagen, ich sei Luft für meine Mitmenschen.

Als ich einen Tag später endlich in der Türkei bin, wechsle ich in Istanbul meine Euros gegen türkische Lira ein. Dann suche ich sogleich die berühmte Blaue Moschee in Istanbul auf. Nichts kann mich abhalten, Allah zu danken, dass ich mit all meinen Papieren und dem ganzen Geld heil in der Türkei angekommen bin.

Im Hof der Moschee setze ich mich an den Brunnen und reinige vorschriftsmäßig dreimal meine Hände, meine Füße und das Gesicht.

Es ist schön, wieder in der alten Heimat zu sein.

Die Sonne strahlt, das Wasser plätschert, die Vögel zwitschern, die Autos hupen.

Nachdem ich in aller Ruhe meine Waschungen beendet habe, nehme ich meine Jacke vom Haken, um die Moschee zu betreten.

Ich ziehe die Jacke an. Es ist doch etwas kühl hier, wegen der hohen Bäume. Das heißt, ich versuche zumindest die Jacke anzuziehen. Doch irgendwie passe ich in meine eigene Jacke nicht mehr hinein. Sie macht seltsame Geräusche beim Hineinzwängen. So, als wenn sie zerreißen würde.

Sollte ich in den paar Stunden so viel zugenommen haben? Oder habe ich mich durch das Waschen mit dem türkischen Wasser so ausgedehnt?

Auf einmal entdecken meine entgeisterten Augen, dass es nicht meine Jacke ist. Meine Jacke sah ganz anders aus, viel schöner. Mit entsetzlicher Vorahnung greife ich sofort in die Taschen. Kein Pass, keine Papiere, kein Geld, nichts! Verdammt, das ist nicht meine Jacke! Meine gute Jacke ist weg. Anscheinend haben die Ureinwohner gleich gemerkt, dass ich ein Deutschling bin. Eine Unverschämtheit, im Moscheehof die Jacken zu vertauschen. Ich bin mein ganzes Geld los. Es steckt auch nichts mehr in der Unterhose. Pass und Papiere bin ich jetzt zum dritten Mal los. Diesmal bestimmt endgültig. Dreimal ist Bremer Recht.

Aber was soll's, ich habe den Vorteil, dass ich wenigstens in der Türkei bin. Türkisch kann ich nämlich besser als Bayerisch und Serbisch. Und so schlecht steht mir diese Jacke ja auch wieder nicht.

Ich ziehe meine Schuhe aus und betrete die Moschee zum Gebet. Da man gütig sein soll, verzeihe ich dem schamlosen Dieb. Ich verrichte mein Gebet, verlasse das Gotteshaus in Seelenfrieden und …

»Meine Schuhe!! Meine Schuhe sind weg!! Diese verdammten Diebe haben mir auch noch meine Schuhe geklaut!!«

TIL
ICH BIN DREI STUNDEN VOR ABFLUG AM FLUGHAFEN GE-WESEN, UM DIESEN FLUG NOCH ZU KRIEGEN
DIE FLUGZEIT BETRÄGT HEUTE 45 MINUTEN.

Das Geheimnis des Teekochers

Weil meine Reise ohne meine geliebte Familie letztes Jahr nicht ganz so glücklich verlaufen ist, fahre ich dieses Mal zusammen mit meiner Frau Eminanim und den Kindern in die Türkei.

Und wie immer, wenn wir unseren Urlaub mit der ganzen Familie antreten, herrscht auch diesmal große Hektik vor der Abfahrt. Es dauert Stunden, bis alle Geschenke für die Verwandten endlich in meinem Ford-Transit verstaut sind und wir losfahren können.

Als wir dann endlich auf der Autobahn sind, bricht bei mir Panik aus und ich frage mich, ob wir nicht vor lauter Geschenketerror das Wichtigste vergessen haben. Ich will nicht wieder am Passauer Bahnhof schlafen – mit Kind und Kegel schon gar nicht! Deshalb rufe ich bereits auf der Höhe von Kassel zum siebenundzwanzigsten Mal meiner Frau auf dem Rücksitz zu:

»Eminanim, schau mal in der Tasche nach, ob wir alle Pässe dabeihaben!«

Und sie brüllt zum neunzehnten Mal nach vorne:

»Verdammt noch mal, Osman, ja, es ist alles in der Tasche!«

Acht Mal hat sie nur mit dem Kopf genickt. Das habe ich im Rückspiegel deutlich gesehen.

Beim vierzigsten Mal fängt meine Frau an zu stottern:

»Osman, du Osman! Ich…, ich glaube, mein Pass ist abgelaufen!«

Ich bekomme einen Schock und halte den Wagen auf der Überholspur an. Der Pass meiner Frau ist tatsächlich seit gestern, dem 13.8., abgelaufen. Wir halten Kriegsrat im Straßengraben. Ich schlage vor, aus der Monatszahl 8 eine 18 zu machen. Aber Mehmet, der ewige Besserwisser, lehnt diesen fantastischen Vorschlag mit einer lächerlichen Begründung ab:

»Vater, nicht mal die Bulgaren werden uns glauben, dass das türkische Jahr 18 Monate hat.«

Nach zwei Stunden Familienkonferenz beschließen wir, aus der 13 eine 19 zu machen, damit der Pass wenigstens so lange gültig ist, bis wir in der Türkei sind.

An der letzten Tankstelle vor der Grenze frage ich den Verkäufer:

»Haben Sie so was wie einen ganz dünnen schwarzen Stift, damit ich ein Datum fälschen kann?«

»Was für ein Pass ist es denn? Griechisch, türkisch oder persisch?«

Ich merke, dass wir nicht die Ersten mit diesem Problem sind. Zurück im Auto gebe ich meiner Frau den Stift für türkische Pässe. Ich habe keine Lust, im Knast zu landen, wenn die Sache mit der Urkundenfälschung auffliegt.

Mit diesem minimal gefälschten Pass kommen wir ohne Probleme in die Türkei.

In unserem Heimatdorf angekommen, schicke ich den Pass meiner Frau sofort nach Hannover zum türkischen Konsulat, um ihn verlängern zu lassen. Nach über zwei Wochen kommt der Pass endlich zurück. In dem Begleitschreiben steht, dass sie das Dokument leider nicht verlängern dürfen, da die Inhaberin sich zurzeit außerhalb von Deutschland aufhält. Ehrlich gesagt, was anderes hatte ich vom türkischen Konsulat auch nicht erwartet. In anderen Ländern sind die Konsulate dafür da, den Bürgern im Ausland zu helfen, wenn sie dort in Schwierigkeiten geraten. Die türkischen Konsulate in Deutschland bemühen sich aber seit 50 Jahren, den im Ausland lebenden Türken konsequent das Leben zur Hölle zu machen. Ein Bekannter von mir wurde sogar von den Sicherheitskräften windelweich geprügelt, weil er vor dem Chefkonsul seinen Kaugummi nicht aus dem Mund genommen hat.

Wenn die im Konsulat aber wüssten, wie froh ich darüber bin, dass sie Eminanims Pass nicht verlängert haben, hätten sie es mit Sicherheit doch getan, nur um mich zu ärgern. Mit diesem abgelaufenen Pass kommt meine Frau nämlich nicht mehr aus der Türkei heraus. Ich müsste doch verrückt sein, wenn ich die Gunst der Stunde nicht nutzen würde!

Doch schon am nächsten Tag zwingt mich Eminanim, nach Ankara zu fahren, um ihren Pass dort verlängern zu lassen. Nach vier Stunden Fahrt versuche ich als Erstes mit dem Leiter des Passamtes zu sprechen, damit es schneller geht. Es ist leichter, in Deutschland einen Arbeitsplatz zu finden, als in Ankara den Boss vom Passamt zu sprechen. Nachdem ich einen Pförtner und einen Büroschreiber bestochen habe, stehe ich endlich in seinem Zimmer. Aber er schaut mich überhaupt nicht an, liest weiter in seiner Zeitung und knabbert Sonnenblumenkerne. Soll ich den Mann auch noch bestechen, oder was?

»Guten Tag. Ich wollte den Pass meiner Frau bei Ihnen verlängern lassen.«

Ohne aufzublicken streckt er seine Hand aus. Hocherfreut ergreife ich die dargebotene Hand und küsse sie ehrerbietig.

So viel Volksnähe hätte ich unseren Bürokraten niemals zugetraut. Er wischt sich mit einem Taschentuch langsam die Hand ab und brüllt dann plötzlich los:

»Gib den Pass her, du verdammter Deutschling!«

»Ich möchte ihn nur um einen Monat verlängert haben.«

»Alte Pässe dürfen nach unseren Vorschriften nicht verlängert werden. Sie müssen einen neuen Pass beantragen«, sagt er tonlos und widmet sich wieder seiner Lieblingsbeschäftigung – dem Knabbern von Sonnenblumenkernen!

»Den neuen Pass besorgt sich meine Frau in Deutschland. Ich will den alten Pass nur einen Monat …«

»Alte Pässe dürfen nach unseren Vorschriften nicht verlängert werden. Sie müssen einen neuen Pass beantragen.«

»Ich will nur einen Monat …«

»Alte Pässe dürfen …«

Ich gehe raus. Noch auf dem Flur höre ich, wie er seinen Satz ein paar Mal wiederholt. Als Leiter der gesamten Abteilung macht er den ganzen Tag nichts anderes – ein Papagei könnte seinen Job problemlos übernehmen und die Arbeit vermutlich auch viel besser machen!

Die Bestechungsgelder waren eine sinnlose Investition. Völlig entnervt und ratlos fahre ich zurück in unser Dorf.

Unser neuer Frisör weiß sofort Rat:

»Osman, du musst zu dem berühmten Ahmet gehen. Das ist ein wichtiger Mann im Passamt von Ankara«, sagt er.

»Wie heißt der Mann denn mit Nachnamen?«, frage ich hoffnungsvoll.

»Das weiß ich auch nicht. Das ist auch nicht so wichtig. Den Mann erkennst du sofort, weil er so hässlich ist. Er ist fast so hässlich wie du.«

Ich danke ihm für die genaue Beschreibung, und noch am

gleichen Abend mache ich mich wieder auf den weiten Weg nach Ankara, um den hässlichen Ahmet zu finden.

Es stellt sich heraus, dass bei der Behörde gleich fünf Ahmets arbeiten, und, wie Ahmets nun mal so sind, dass einer hässlicher als der andere ist. Aber keiner kennt unseren neuen Dorffrisör. Die ganze Busfahrt hin und zurück war sinnlos.

Wieder zu Hause, gibt mir mein guter alter Onkel Ömer den Tipp, den Dorfvorsteher Hüsnü um Hilfe zu bitten. Unser Dorfvorsteher ist ein Mann, der mit allen Wassern gewaschen ist. Stinken tut er aber immer noch wie ein voller Aschenbecher. Er sagt mir, an wen ich mich in Ankara wenden soll:

»Der Teekocher Ismail vom Passamt, das ist dein Mann. Der erledigt auch für uns immer alles.«

Ich mache mich also zum dritten Mal auf den Weg nach Ankara, obwohl ich so meine Zweifel an der Ernsthaftigkeit dieses Vorschlags habe. Ich will einen Pass verlängert bekommen und nicht Tee trinken. Aber ich habe keine Wahl. Der Teekocher Ismail ist meine letzte Hoffnung, dass ich in meinem Urlaub auch noch was anderes zu sehen bekomme als das Passamt von Ankara.

Kaum betrete ich den kleinen, dunklen Raum, erkennt Ismail mit scharfem Auge die Lage und ruft:

»Na endlich hast du den Mann gefunden, der deine Sache erledigen kann!«

»Woher kennen Sie mich?«, frage ich völlig überrascht.

»Mein Sohn, seit Tagen sehe ich dich durchs Haus irren, wenn ich den Tee in den Büros verteile. Du willst den Pass von deiner Frau verlängert haben, nicht wahr?«

Dann zieht er eine Preisliste aus der Schublade und sagt:

»Passverlängerung für eine Ehefrau kostet bei mir zurzeit

125 Euro. Aber da du aus unserem Dorf bist, kriegst du 13 Prozent Rabatt.«

Ich kann nicht glauben, was ich da höre. Aber Ismail zieht mir den Pass aus der Hand und ruft:

»In zehn Minuten bin ich mit dem verlängerten Pass zurück.«

Er drückt mir das Teetablett in den Arm und läuft los. Ich renne ihm hinterher. Ismail tauscht leere Teegläser gegen volle aus und sammelt Formulare ein. Im nächsten Zimmer drückt er verschiedene Stempel auf die Papiere. Die Beamten lassen sich gar nicht stören und spielen weiter Bäckgämmon. In einem Zimmer tippt Ismail kurz auf einer Schreibmaschine und geht dann zum nächsten Büro. Ich habe Schwierigkeiten, Ismail mit dem Teetablett zu folgen.

Wieder in der Teeküche angekommen, unterschreibt er den Pass an der entsprechenden Stelle und gibt ihn mir zurück:

»Osman, weil wir aus dem gleichen Dorf sind und du mir so gut beim Teeaustragen geholfen hast, habe ich für deine Frau gleich noch ein paar Extras mitbesorgt.«

Seitdem hat meine Frau einen LKW-Führerschein und einen Taxischein für Ankara.

Koch selber – Iss selber!

Liebe Leser, ich weiß nicht, ob es an dem heißen Wetter liegt, aber während unserer Türkei-Reise haben meine Frau und ich ständig Hunger. Selbst unser Ford-Transit ist nicht so ein Vielfraß wie wir.

Deshalb freue ich mich jedes Mal riesig, wenn ich am Straßenrand eines von diesen seit einigen Jahren weit verbreiteten Restaurants mit dem markanten Namen: ›Kendin pisir – kendin ye‹ entdecke. Auf die Schnelle würde ich es ins Deutsche simultan so übersetzen: ›Koch selber – Iss selber!‹

Ich denke, dass die Parole ›Koch selber‹ für deutsche Ohren im Zusammenhang mit einem Restaurant doch sehr gewöhnungsbedürftig ist. Aber es ist in der Tat so: Wenn man in so einem Restaurant essen will, muss man sein Fleisch wirklich selber braten. Und das geht so: Direkt am Eingang sucht man sich in der Küche das Fleisch oder die Wurst aus, die man braten will. Und dazu noch das Gemüse, also Tomaten, Paprika, Zucchini und Zwiebeln, alles was man auf den Grill werfen kann. Und dann sucht man im Garten dieses Open-Air-Restaurants unter einem schönen Baum ein gemütliches Tischchen aus, das groß genug ist für die gesamte mitgeschleppte Sippschaft. Anschließend bekommt man den Grill und die ausgesuchten Lebensmittel an den Tisch geliefert und kann das Fleisch selber nach Herzenslust so lange brutzeln lassen, wie man es haben will.

Der zweite Teil des markanten Namens ›Iss selber‹ ist dagegen allgemein verständlich: Man muss in so einem Restaurant selber essen. Das ist nichts Neues! Überall auf der Welt muss man heutzutage doch in Restaurants selber essen. Nirgendwo wird einem der Braten vorgekaut. Außer in der Altenheim-Kantine. Ich war noch nie im Altenheim. Aber wenn mich meine Kinder irgendwann mal dorthin verfrachten sollten (falls ich später in Mehmets Hände fallen sollte, wird er mich bestimmt dort abliefern), würde ich mich über diesen Sörvis doch sehr freuen, wenn eine hübsche Krankenschwester mir den Döner und die Köftes vorkaut.

Zurück zu unserem Restaurant: Ich bevorzuge diese ›Koch selber – Iss selber‹-Restaurants, weil sie viel günstiger sind als normale Restaurants, da man hier ja das gesamte Küchenpersonal spart. Eminanim mag diese Restaurants auch, weil sie das Gefühl bekommt, selber für die Familie gekocht zu haben, obwohl sie in Wirklichkeit alles auf den Tisch gelegt bekommt. Und die Kinder haben auch sehr viel Spaß an diesen Restaurants, weil sie die ganze Zeit hin und her laufen können. Sogar unser Ford-Transit freut sich riesig darauf, weil sich direkt daneben immer eine Autodusche befindet. Diese Autoduschen gibt es schon seit vielen Jahren in der Türkei am Rande der Landstraßen, um Kunden anzulocken. Wenn die sengende Hitze tagsüber im Wagen alles zum Kochen bringt, dann fährt man sein Auto unter diese riesige Dusche, die am Straßenrand ständig vor sich hin fließt, und hofft dadurch auf ein bisschen Abkühlung.

Aber Vorsicht: Diese Duschen sind nicht für Kabrios geeignet! Ich hab schon einige von denen nach kurzer Dusche laut fluchend wegfahren gesehen. Sie sahen in ihrer fahrenden Badewanne nicht besonders glücklich aus.

Ich sitze also in meinem Lieblings-Gartenrestaurant und genieße die herrliche Aussicht.

Zwei Kilo Lammfleisch, die Eminanim eigenhändig ausgesucht hat, brutzeln neben uns fröhlich um die Wette. Die Kinder toben völlig ausgelassen auf dem Gelände, die Bäume spenden angenehmen Schatten und unser Franz-Josef nimmt eine lange Erholungsdusche.

So viel ungetrübte Romantik auf einen Haufen bin ich einfach nicht gewöhnt und bekomme plötzlich einen heftigen Melancholie-Anfall.

Ich laufe sofort zu meinem geliebten Ford-Transit und klettere rein.

Lieber Leser, ich muss Ihnen was gestehen: Die Abkühlung ist mir eigentlich egal. Ich stelle mich mit meinem Wagen immer nur dann unter diese Autoduschen, wenn mich das Heimweh nach Deutschland im Urlaub mal wieder übermannt.

Wenn dann die dicken Wassertropfen romantisch aufs Wagendach krachen und man durch die verschmierten und beschlagenen Scheiben überhaupt nichts mehr sehen kann, dann habe ich sofort das herrlich vertraute Gefühl, in einem schönen, starken Dauerregen mitten im Bremer Berufsverkehr im Stau zu stehen!

Ich hasse Trämper!

Eigentlich hasse ich ja diese sogenannten Trämper auch nicht mehr als all die anderen Schmarotzer in unserer Gesellschaft. Aber leider habe ich nicht so oft die Gelegenheit, genüsslich über diese Parasiten zu schimpfen. Deshalb freue ich mich sehr, dass mir meine Frau Eminanim endlich mal die Gelegenheit dazu bietet:

»Osman, warum hast du die beiden jungen Männer nicht mitgenommen? Du hast erst gebremst und dann wieder Gas gegeben«, ruft sie erbost und schaut nach hinten auf die Straße, wo die beiden Trämper endlich aufhören, hinter uns herzulaufen und wieder zu ihren Koffern zurückgehen. Ich werde nämlich instinktmäßig immer langsamer, wenn ich Trämper sehe, um sie ein bisschen zu ärgern.

Ich habe nämlich, naiv, gutmütig und ohne Vorurteile, wie ich früher mal war, vor vielen Jahren in einem meiner leichtsinnigeren Momente schon mal einen von diesen Wegelagerern mitgenommen. Diese undankbare Person meckerte dann die ganze Zeit über meine Fahrweise, was aus seiner Sicht nicht so lange gedauert hat wie erhofft, weil ich ihn nach einer Viertelstunde mitten auf der Landstraße hochkantig rausgeschmissen habe. Aber er hatte es ja nicht anders gewollt. Nicht mal mit einer eiskalten Dose Cola aus der Kühltasche konnte ich ihn überzeugen, was für ein toller Fahrer ich doch bin. Während ich diese Cola aus der Kühltasche fischte, überholte ich in der Kurve einen riesigen Lastwagen und wendete dabei auch noch höchst akrobatisch die Musikkassette im Rekorder. Aber das alles begeisterte den Waschlappen überhaupt nicht.

»Wieso soll ich diese Leute denn mitnehmen? Wer kann mir schon garantieren, dass die beiden Kerle normal sind und keine lang gesuchten Schwerverbrecher?«

»Wenn die beiden armen Jungs noch eine Stunde länger in der brütenden Sonne stehen, sind sie bestimmt nicht mehr normal und kommen mit einem grauenhaften Sonnenstich ins Krankenhaus.«

»Frau, danach frage ich nicht! Hier in der Türkei hat doch im Sommer jeder einen Sonnenstich! Was ich meine, ist, vielleicht sind die beiden ja brutale Mafiosi und blutrünstige Killer, die am Straßenrand nur auf uns gelauert haben.«

Ich muss zugeben, lieber Leser, dass ich meinen gestrigen Sonnenstich auch noch nicht auskuriert habe. Wir fahren gerade mit unserem Ford-Transit die türkische Mittelmeerküste entlang, immer von einer Kleinstadt zur anderen, und werden dabei langsam schön knackig braun und sehen sehr erholt aus.

Zumindest auf meine Frau Eminanim und unsere kleine Tochter Hatice trifft das zu. Ich dagegen bin krebsrot verbrannt und total gestresst, als hätte ich in Halle 4 eine Woche lang zwei Schichten hintereinander ohne Pause geschoben.

»Die beiden Wegelagerer können doch ein Taxi nehmen«, rufe ich nach hinten, wohin Eminanim und Hatice sich zurückgezogen haben. Die billigen Plätze vorne in der ersten Reihe sind den beiden Damen wegen der brütenden Sonne zu heiß. »Wenn man kein Geld hat, um zu verreisen, dann bleibt man zu Hause und belästigt nicht wildfremde, unschuldige Menschen«, schimpfe ich weiter.

»Osman, lassen wir das Thema. Diese jungen Leute wirst du nie verstehen.«

»Was soll das heißen? War ich etwa nie jung, oder was?«

»Das sowieso! Vor allen Dingen warst du nie ein Student.«

»Eminanim, woran willst du denn gemerkt haben, dass die beiden Gängster Studenten waren? Weil die unverschämten Kerle außer ihren mickrigen Badehosen nichts anzuziehen hatten?«

»Osman, du warst auf diese Jungs doch nur eifersüchtig«, hackt meine Frau unerbittlich nach.

»Worauf sollte ich denn eifersüchtig sein?«, lache ich. »Dass diese beiden Habenichtse sich weder ein Auto noch eine Hose leisten können vielleicht?«

»Auf deren Jugend warst du eifersüchtig. Auf den makellos gebauten Körper von diesen knackigen Burschen.«

Genau in dem Moment trete ich voll in die Bremse.

»Was ist denn jetzt los, Osman? Kannst du die Wahrheit nicht ertragen, oder was? Willst du mich jetzt etwa auch rausschmeißen?«

»Eminanim, wo denkst du hin? Ich mach doch nur, was du mir gesagt hast, ich will nur diese beiden Trämper da mitnehmen.«

»Aber das sind doch kein Trämper, sondern Trämperinnen.«

»Ja und, ich mach da doch keinen Unterschied. Ich bin nicht so frauenfeindlich wie manche denken.«

»Osman, die beiden unverschämten Mädchen sind doch völlig nackt!«

»Wieso das denn? Ein bisschen Hose haben die beiden schon an – mindestens zehn Zentimeter lang.«

Und schon springen die beiden hübschen Mädchen gutgelaunt neben mir in den Transit und schmeißen ihre Rucksäcke nach hinten zu Eminanim.

»Danke schön, danke, dass Sie uns mitnehmen«, zwitschern sie, »wir warten schon mindestens seit 30 Sekunden da.«

»So lange darf man doch nicht ungeschützt in der Sonne stehen! Wo wollt ihr denn hin, meine Damen?«, frage ich, ganz der Kavalier alter Schule.

»Wir wollen nach Kas«, sagt die Brünette neben mir mit dem gelben Bikinioberteil.

»Was für ein Zufall, wir fahren auch in die Richtung«, jubele ich.

»Osman, bist du wahnsinnig, das sind mindestens 200 Kilometer. Wir wollten doch bei der Hitze heute höchstens 20 Kilometer fahren«, meckert Eminanim. Der Frau kann man es aber auch nie recht machen.

»Was sind denn schon 200 Kilometer, wenn wir zwei armen Studentinnen damit helfen können«, rufe ich. »Ihr Studenten seid doch die goldene Zukunft unseres Landes.«

»Falsch geraten, wir sind Sekretärinnen in Izmir«, kichert die mit dem roten Bikinioberteil.

»Die Sekretärinnen aus Izmir sind erst recht die goldene Zukunft unseres Landes«, bestehe ich auf mein Kompliment.

»Es ist ja wie in der Sauna hier«, stöhnt die mit dem gelben Bikini, »die Sonne knallt hier vorne voll rein, man kocht ja hier regelrecht. Dürften wir denn unsere Jiins ausziehen, sonst bekommen wir an den Hüften so hässliche weiße Streifen.«

»Selbstverständlich! Fühlen Sie sich wie zu Hause. Wer will denn schon weiße hässliche Streifen an den Hüften haben«, sage ich.

Im Rückspiegel sehe ich, dass meine Frau auch kocht – aber vor Wut!

Drei Stunden lang unterhalten wir uns sehr angeregt und fröhlich über Gott und die Welt. Mit ›wir‹ meine ich natürlich mich und die beiden attraktiven Sekretärinnen. Eminanim hält sich die ganze Zeit bemerkenswert zurück.

Kaum sind die beiden am Hafen von Kas ausgestiegen, platzt es aus ihr heraus:

»Osman, du hast die beiden Schlampen nur mitgenommen, weil die halbnackt waren!«

»Frau, woher sollte ich denn wissen, dass sie im Wagen einen Striptiis aufführen?«, rufe ich nach hinten.

»Vorher waren die ja auch nicht wesentlich mehr bekleidet«, schimpft sie.

»Eminanim, ich glaube, du warst auf die beiden eifersüchtig«, sage ich.

»Pah! Worauf sollte ich denn eifersüchtig sein? Was hatten diese Tussis, was ich nicht habe?«

»Da hast du recht. Du hast sogar auf allen Gebieten mehr zu bieten als sie: 30 Jahre, 30 Kilo und fast 30 Kinder! Aber was noch besser ist: Durch die beiden habe ich meine Scheu gegenüber Trämpern verloren.«

»Das ist ja schön, Osman. Dann halt mal kurz an, wir nehmen die arme Fußballmannschaft mit, die dort an der Haltestelle steht.«

Das Ende der Welt

Wir frühstücken gerade bei meinen Eltern auf dem Balkon und überlegen uns, wohin wir in zwei Tagen zum Schwimmen fahren sollen.

»Eminanim, eins sage ich dir gleich, ich leg mich nie wieder an einen Strand, wo die ganzen Kinder auf mein Strandtuch kacken«, knurre ich, während ich mir in der Zeitung ›Hürriyet‹ all die schönen Urlaubsorte ganz genau anschaue. Nicht wegen der Oben-ohne-Schönheiten, wie meine Frau mir immer vorwirft.

»Osman, jetzt nörgele doch nicht schon vorher rum. So was ist uns doch letztes Jahr nur ein einziges Mal passiert. Und das auch nur, weil die arme Frau mit ihren anderen fünf Kindern so intensiv beschäftigt war. Außerdem redet man über solche Sachen nicht während des Essens!«

»Aber womit war die Mutter denn gerade beschäftigt? Sie hat die anderen nervigen Blagen zum Kacken ins Meer geschleppt.«

»Was willst du denn, das ist doch besser als direkt auf deinen Kopf!«

»Ab und zu will ich ja vielleicht auch mal im Meer schwimmen gehen!«

»Das machst du sowieso nie! Aber faul rumliegen und die Weiber anglotzen, das tust du die ganze Zeit.«

»Ich glotz nicht die Weiber an, sondern versuche für einen

eventuellen Angriff dieser herumstreunenden Blagen gewappnet zu sein! Auf jeden Fall will ich dieses Jahr nicht dort Urlaub machen, wo das ganze lärmende Fußvolk rumlümmelt.«

»Schön, aber das wird sehr teuer, das sag ich dir gleich!«

»Das ist mir egal! Für ein nicht vollgekacktes Meer und Badetuch bin ich gerne bereit, etwas tiefer in die Tasche zu greifen. Ich will endlich dort baden, wo all die Schönen und Reichen sind.«

»Osman, so tiefe Taschen hast du doch gar nicht!«

»Hier, hier, da will ich hin«, rufe ich begeistert und springe voller Freude hoch, »sogar dieser französische Millionär schwärmt davon. Dort soll das sauberste Wasser der Welt sein und eine herrliche, unberührte Natur!«

»Aber da ist ja kein Foto. Wie heißt der Ort überhaupt?«

»Kni… dos… Knidos heißt es.«

»Bist du sicher, dass dieser Ort in der Türkei sein soll? Knidos klingt sehr griechisch, hab ich noch nie gehört.«

»Ich auch nicht, und es wird Zeit, dass sich das ändert. Sogar die Franzosen kennen den schönsten Ort der Türkei, nur wir nicht!«

Nach zwei Tagen machen wir uns mit unserem Ford-Transit endlich auf den langen Weg nach Knidos. Leider mit meiner Schwiegermutter im Schlepptau. Sie ließ sich genauso wenig abschütteln wie die ganzen lästigen schwarzen Fliegen, die uns auf unserer Fahrt begleiten.

»Da wo sich die Hai Sozaiaty trifft, da darf ich nicht fehlen«, hat sie mir strahlend verkündet.

»Das sehe ich auch so, liebe Schwiegermama, aber was machst du dann in meinem Wagen, sehe ich etwa wie Hai Sozaiaty aus?«, sage ich natürlich aus Angst vor Eminanim nicht. Stattdessen rufe ich nach hinten:

»Schwiegermama, schau, wie schön es draußen ist. Wir fahren seit Stunden durch dieses riesige Naturschutzgebiet. Kein Mensch weit und breit. Nur Natur – ein bisschen viel Natur auf einen Haufen, würde ich sagen!«

»Osman, red nicht so viel, konzentriere dich lieber auf die Straße, wenn du eine finden kannst!«

Meine Frau hat recht! Vor ein paar Sekunden hat die Straße ganz plötzlich und ohne Vorankündigung einfach aufgehört. Wir sind nicht in ein Loch gefallen oder gegen eine Felswand geknallt – nein, irgendwie fahren wir immer noch, aber ich weiß nicht genau, worauf… Fahren ist auch ein bisschen zu hoch gegriffen, wir ruckeln und zuckeln, vibrieren und schütteln und der Tacho zeigt 10 Kilometer pro Stunde. Wahrscheinlich bewegen wir uns in Wahrheit noch langsamer, aber weniger kann das Gerät nicht darstellen.

Eigentlich ist die Straße ganz deutlich zu sehen – auf dem Straßenatlas natürlich. Da ist sie sehr deutlich, klar und sauber eingezeichnet, wie alle anderen Straßen in dem Buch. Sie geht schnurgerade bis nach Knidos.

»Was ist denn passiert? Hat man uns die Straße weggenommen, oder gleich ganz Knidos? Vielleicht hat dieser reiche Franzose sie einfach mitgenommen. So wie die Deutschen im letzten Jahrhundert ja den ganzen Pergamonaltar nach Berlin verschleppt haben«, stottere ich.

Einen alten Mann, der uns gerade mit seinem Esel locker überholt, frage ich:

»Opa, was ist denn hier los? Ist Knidos noch da? Kommt man über diesen Weg irgendwann dahin?«

»Ja, im Prinzip schon, mein Sohn!«

»Wie viel Kilometer sind das noch bis dahin?«

»Kilometer? Was sind Kilometer? Also, mit meinem Esel dauert's drei Stunden, wenn er vorher gut gegessen hat und viel Rückenwind bekommt!«

»Und mit dem Auto?«

»Das weiß ich nicht. Das hat bisher auch kein Mensch versucht. Aber vermutlich ein paar Stunden länger als ich mit meinem Esel. Also, Allah sei mit euch, ihr könnt seinen Segen wahrlich gebrauchen«, ruft er, überholt uns mit seinem Esel und verschwindet hinter einer großen Staubwolke am Horizont.

Wir fahren schon seit einer Stunde auf dieser Holperpiste und sind dabei wirklich nur wenige Meter vorangekommen. Deswegen schlägt meine Frau vor, den Rest des Weges zu Fuß zu gehen.

»Auf diesem Kartoffelacker kommen wir damit bestimmt schneller voran als mit dem Wagen«, schimpft sie.

»Also Leute, wie ihr seht, die Straße hat aufgehört zu existieren, es hat keinen Sinn weiterzufahren, lasst uns zurückkehren«, sage ich.

»Bist du bescheuert, wir sind doch schon seit 12 Stunden unterwegs, das kann nicht mehr weit sein«, protestiert Eminanim.

»Osman, wieso hast du den alten Mann eben nicht gefragt, ob irgendwann mal wieder eine normale Straße anfängt?«, fragt meine Schwiegermutter.

»Woher soll er denn das wissen? Wenn man ständig mit einem Esel unterwegs ist, kommt einem das hier bestimmt wie eine Autobahn vor.«

Und nach einer Stunde passiert das, was passieren musste: Nein, nein, keine Angst, ich drehe bei der Hitze nicht durch und erwürge meine Schwiegermutter. Unser tapferer, guter Franz-Josef gibt den Geist auf.

»Bei Allah, das fehlte uns gerade noch«, schimpfe ich.

»Osman, lass uns den Wagen an den Straßenrand schieben«, schlägt meine Frau vor.

»Welcher Rand denn? Von welcher Straße? Wir sind hier am Ende der Welt. Ich sehe es ein, die Erde ist doch eine Scheibe und wir fallen gleich runter.«

»Osman, spinn doch nicht rum! Lass uns einen Rettungswagen rufen.«

»Und wer soll dann den Rettungswagen retten?«

»Das hast du nun davon, wenn du mit deiner verrosteten Karre und deinem bisschen Geld dort Urlaub machen willst, wo die französischen Millionäre sich vergnügen«, sagt Eminanim.

»Ich nicht, deine Mutter wollte das unbedingt!«

»Das stimmt nicht! Ich wollte dahin, wo die türkischen Millionäre Urlaub machen! Sonst wäre ich ja direkt nach Frankreich gefahren!«, muss sie sich jetzt natürlich einmischen.

»Ich glaube, hier hört die Erde auf. Lasst uns uns hinlegen, es ist schon ganz schön spät. Die Sonne geht gleich unter. Schauen wir mal morgen, wie es weitergeht.«

Mitten auf der Straße, ich meine, mitten im Niemandsland machen wir die Lichter aus und versuchen zu schlafen.

»So hab ich mir meinen Urlaub eigentlich nicht vorgestellt«, fängt meine Schwiegermutter schon wieder an zu nörgeln.

»Na ja, etwas Gutes hat ja diese Art von Urlaub doch«, sage ich, »immerhin sparen wir uns mindestens einen Tag – vielleicht sogar zwei Wochen – die Hotelkosten.«

»Wie ich dich kenne, hast du das absichtlich gemacht. Und uns nur wegen dem Geld in diese gottverlassene Gegend geschleppt«, sagt eine der beiden Frauen, aber ich bin mittlerweile viel zu müde, um noch drauf zu reagieren oder ausmachen zu können, von wem das Gezeter kommt.

Am nächsten Tag wachen wir schweißgebadet wie in einem Glutofen auf. Die Sonne knallt unbarmherzig auf das Blech. Ich reiße sofort alle Fenster und Türen auf.

»Ein herrlicher Sommertag«, rufe ich und strecke mich genüsslich aus.

»Osman, schlag dir das bloß sofort aus dem Kopf«, zischt meine Frau.

»Was denn? Ich hab doch nichts gesagt! Ich hab auch nichts vor!«

»Doch! Wie ich dich kenne, willst du uns jetzt bestimmt

vorschlagen, dass wir unseren Urlaub hier am Arsch der Welt verbringen sollen.«

»Nein, bestimmt nicht«, stottere ich wie auf frischer Tat ertappt, und zum Beweis meiner Unschuld versuche ich wieder, den Ford-Transit zu starten. Die Nachtruhe scheint unserem Franz-Josef sichtlich gutgetan zu haben, der springt nämlich sofort an. Wir freuen uns riesig und versuchen wieder mit ungefähr einem Kilometer in der Stunde zappelnd und ruckelnd und schüttelnd voranzukommen. Aber nach 40 Minuten, beziehungsweise nach ungefähr 200 Metern, bleiben wir wieder stehen. Franz-Josef hat endgültig keine Lust mehr, was ich völlig nachvollziehen kann.

»Eminanim, das war heute Morgen wirklich keine so schlechte Idee von dir, unseren Urlaub hier zu verbringen. Wir können nämlich weder vor noch zurück. Außerdem ist es hier angenehm warm und ganz schön ruhig.«

»Der Abschleppdienst ist da! Der Abschleppdienst ist da«, jubelt meine Schwiegermutter und klatscht begeistert in die Hände.

Auf den ersten Blick scheint dieses Gefährt mit den modernen Wagen des ADAC wenig gemeinsam zu haben, aber der Ochsenkarren sieht doch kräftig genug aus, um uns von hier wegzuschleppen. Besonders die beiden riesigen Ochsen sehen wohlgenährt aus. Ich weiß zwar nicht, wie sie sich in dieser Pampa satt essen können, aber sie sehen topfit aus.

Für 50 Euro ist der Bauer bereit, uns bis nach Knidos zu ziehen. Eminanim und meine Schwiegermutter sind auch einverstanden. Die beiden Kühe werden erst gar nicht gefragt.

»Am Ende dieser Straße kommt Knidos«, meint unser Retter.

»Wenn das so wäre, dann müssten wir schon längst in Knidos sein. Die Straße ist nämlich schon seit gestern zu Ende«, gebe ich zu bedenken.

»In Knidos ist Wasser, sehen Sie hier welches?«, sagt er.

»In meiner Thermosflasche ist noch etwas Wasser, aber es reicht wohl nicht, um aus dieser Wüste Knidos zu machen. Möchten Sie vielleicht ein Gläschen haben?«

»Ja, gerne«, sagt er.

Mit einem Glas Wasser in der Hand steige ich zu ihm auf den Kutschbock, nachdem wir unseren Ford-Transit mit dicken Seilen hinten angebunden haben.

»Bruder, ich hab das Gefühl, es fahren nicht so viele Türken nach Knidos«, sage ich.

»Ja, deshalb hat man es auch nicht geschafft, den Namen einzutürken. Seit dreitausend Jahren heißt diese Stadt immer noch Knidos.«

Die Ruckelei dauert stundenlang. Erst gegen Nachmittag fahren wir über einen kleinen Hügel und erblicken den Strand von Knidos direkt unter uns wie eine Fata Morgana!

Bei Allah, so was Schönes habe ich noch nie gesehen ... das Paradies auf Erden! Eine kleine, idyllische Bucht mit kristallklarem Wasser, umgeben von viel sattem Grün, und auf dem Meer schaukeln mehrere weiße Schiffe hin und her.

Der Bauer schleppt uns zu dem einzigen Café am Strand und ist damit einverstanden, uns in einer Woche für 100 Euro wieder zurück bis zur eigentlichen Straße zu bringen.

Meiner Frau und meiner Schwiegermutter fehlen bei dieser unglaublichen Schönheit die Worte – wer hätte gedacht, dass ich das noch erleben darf?

Ein junger Bursche aus dem Gasthof läuft uns sofort freudestrahlend entgegen.

»Junger Mann, ich glaube, ich hab mich etwas verfahren. Ich hab die Straße hierher nicht gefunden«, sage ich.

»Onkel, von welcher Straße redest du? Es gibt überhaupt keine Straße hierher. Die reichen, einflussreichen Leute, die hier ihre Wochenendhäuser haben, verhindern das seit Jahrzehnten, damit das Fußvolk sie hier nicht belästigt. Sie sind der erste Urlauber, der nicht mit einer riesigen Jacht gekommen ist, sondern mit einem klapprigen Ford-Transit.«

Kokpit-Koktäil

Nach den letzten beiden stressigen Reisen bin ich in die Luft gegangen! Und das meine ich wortwörtlich! In diesem Jahr wollen wir die Reise ein bisschen angenehmer machen und satteln deshalb von Franz-Josef aufs Flugzeug um.

Ich bin sowieso jedes Jahr, wenn ich im Sommer in Urlaub fahre, schon fast ein hoffnungsloser Invalide. Für normale Menschen mag es vielleicht ausreichen, sich drei oder vier Wochen auszuruhen, um sich zu erholen – mir nicht! Ich muss mich ja auch nicht nur ein bisschen von der Arbeit erholen, sondern auch noch von mindestens zwei Dutzend schrecklichen Krankheiten genesen. Ich bin also nicht nur urlaubsreif, sondern auch krankenhausreif!

Den ganzen Winter über hole ich mir in Halle 4 einen ganzen Katalog von körperlichen Beschwerden: Rückenschmerzen, Rheuma, Magen-Darm-Beschwerden, Knieprobleme, Schwerhörigkeit, Kreislaufprobleme und die Pumpe will auch schon lange nicht mehr so richtig. Dazu kommen noch einige andere Wehwehchen, deren Namen ich mir weder merken kann noch merken will. An die Schmerzen hingegen erinnere ich mich leider immer sehr gut, ich kenne die ganze Palette, von Zahn- bis hin zu Prostata-Schmerzen. Dutzende von Tabletten in allen Regenbogenfarben muss ich täglich schlucken. Morgens, mittags, abends; immer vor, während und nach dem Essen. Einmal musste ich am Flughafen allein wegen meiner ganzen Tabletten Strafe für drei Kilo Übergewicht bezahlen.

Diesmal erlauben die mir nicht mal, meine flüssigen Medikamente mitzunehmen, weil von denen neuerdings Terrorgefahr ausgeht. Das ist wirklich lustig: Ich habe Angst vor dem Flugzeug, und das Flugzeug hat Angst vor mir. Ich muss vor den Augen der Flughafenpolizei alle meine Hämorrhoiden- und Durchfall-Tropfen und dazu noch Eminanims Medikament gegen wechseljahrsbedingte Hitzewallungen auf ex trinken. Irgendjemand von uns muss doch all diesen hysterischen und neurotischen Leuten beweisen, dass man wegen Prostata-Beschwerden kein Flugzeug kapert und mit Durchfall-Tropfen keine Bomben bauen kann.

Meine Frau ist richtig sauer wegen dieser neuen Antiterrormethoden: »Die große Gefahr, die von meiner Nagelfeile und -schere ausgeht, sehe ich ja noch ein und nehme sie nicht mehr mit ins Flugzeug. Mit einer Nagelschere könnte ich ja dem armen Piloten ein Ohrläppchen abknipsen. Aber wie soll ich ihn mit meinen Hormontropfen ertränken?«

Es hat keinen Sinn! Alles Jammern hilft nichts! Also würge ich alles runter!

Die Tabletten, die ich dann an Bord einnehme, also gegen Flugangst, Übelkeit und Ohrensausen, wirken natürlich auch nicht mehr besonders viel. Wer weiß, wofür dieser ganze Medizin-Koktäil in meinem Körper jetzt gut ist? Für meine derzeitigen Beschweren jedenfalls nicht! Ganz im Gegenteil! Mir wird total schlecht! Das Flugzeug haben wir möglicherweise vor einer Bombe gerettet, aber wenn ich nicht sofort aufs Klo gehe, werde ich gleich selber explodieren!

Gleich auf dem Rückweg vom Klo besuche ich den Piloten.

Aber der gefühllose Pilot weigert sich hartnäckig, in Hannover notzulanden! In Wien auch nicht und auch nicht in Belgrad. In Sofia erst recht nicht – mit der billigen Ausrede, wir wären doch sowieso gleich in Istanbul, so schnell würde ich ja wohl nicht krepieren!

»Was soll das denn? Wer will denn schon nach Istanbul? Wir fliegen doch nach Izmir oder sind wir schon entführt worden?«, rufe ich geschockt

»Keine Panik, wir sind nicht entführt worden. Wir werden nur kurz in Istanbul zwischenlanden.«

»Aber dass wir in Istanbul zwischenlanden, hat uns niemand erzählt!«

»Das haben wir auch erst vor zwei Stunden entschieden. Wir müssen in Istanbul ein paar neue Passagiere aufnehmen.«

»Aber gerade das Landen und Abfliegen macht mich doch fertig. Was sind Sie denn für ein Pilot? Sie müssen doch wissen, wie gefährlich das ist! Gerade beim Starten und Landen passieren doch die meisten Unfälle! Ich will nicht Zwischenlanden – in Istanbul schon gar nicht«, jammere ich.

»Wir wollen Sie sowieso nicht mehr an Bord haben. Sie können ja dann von Istanbul mit dem Bus weiterfahren«, ist die kalte Antwort, die ich mir zu allem Übel gefallen lassen muss.

Mit dem Überlandbus dauert es schlappe 11 Stunden, bis wir endlich in Izmir ankommen. Mein Onkel Ömer und meine Tante Ülkü, die jetzt seit 13 Stunden am Flughafen auf uns warten, sehen nicht mehr ganz so frisch aus!

»Es tut uns leid, dass ihr so lange auf uns warten musstet. Aber diese bescheuerten Charter-Flugzeuge halten heutzutage an jeder Milchkanne. Die bleiben überall dort stehen, wo irgendjemand winkt. Schlimmer als ein Sammeltaxi«, schimpfe ich.

Aber meine Frau wartet keine Sekunde, um mich zu verpetzen:

»Ich bin fertig! Ich bin fertig! Und das alles wegen Osman«, kreischt sie. »Die Flugzeug-Besatzung konnte sein Genörgel und Gejammer nicht mal zwei Stunden ertragen und hat uns in Istanbul rausgeschmissen. Ich arme Frau muss diese hysterische Memme schon seit 30 Jahren aushalten! Bei Allah, womit habe ich das nur verdient?«

DIE GUTE NACHRICHT IST: DIE NOTRUTSCHEN SIND EIN RIESEN-SPASS FÜR JUNG UND ALT!
TIL

Lila Kuh in Lusertal

Kaum bin ich nach unserem Türkei-Urlaub bei Onkel Ömer zurück in meinen vier Wänden im Karnickelweg 7b, muss ich schon wieder los. Aber diesmal mit meinem guten alten Ford-Transit.

Am Wochenende muss ich den Nichtsnutz Murtaza besuchen. Damals in unserem Dorf in Anatolien war er der totale Versager. Alle Bewohner haben sich seinerzeit dafür eingesetzt, dass diese Niete nach Deutschland abgeschoben wird. Dieser Murtaza war eine solche Null, dass man ihn nicht mal als Vogelscheuche auf den Feldern einsetzen konnte. Vor diesem Trottel hatten nämlich nicht mal die Vögel Angst. Weil er so eine Flasche leer war, hatte dieser Dorftrottel auch nichts zu beißen. Deswegen war er so dünn, dass ihm sogar eine Wäscheleine genug Schatten spenden konnte. Ihn mit durchzufüttern, war eine große Belastung für unser ohnehin armes Bergdorf. Deshalb hatten die Dorfältesten beschlossen, ihn entweder im Nachbardorf auszusetzen oder ins Ausland abzuschieben, z.B. nach China oder nach Deutschland. Im Nachbardorf hatte man natürlich schon viel von ihm gehört und diese herzlosen Menschen haben sofort einen riesigen Zaun um ihren Ort gezogen, höher als die neue amerikanische Mauer gegen die Latinos. Nach China wurden wir ihn auch nicht los, denn die hatten ihre Mauer gegen Murtaza schon ein paar tausend Jahre früher gebaut. Und so kam er dann nach Deutschland. Natürlich nach West-Deutschland, da die Zone damals ja zu ihrem Glück auch ihre eigene Mauer hatte. Wenn Murtaza dort gelandet wäre, dann wäre die DDR schon viel früher zusammengebrochen. Dafür geht's der BRD seitdem ganz schön schlecht.

Ich tat jahrzehntelang so, als wüsste ich nichts von ihm, und hab ein tolles Leben geführt. Er wohnt im Süden, ich im Norden, diese Tatsache mindert das Risiko erheblich, ihm unvermittelt auf der Straße zu begegnen.

Vor genau zwei Wochen aber, als ich grade mit Onkel Ömer auf dem Balkon ein Glas Tee trank, kam der Dorfälteste vorbei, um mir zu sagen, dass ich unbedingt nachschauen muss, was aus diesem Nichtsnutz Murtaza geworden ist. Seit mehr als 15 Jahren hat er sich in seinem Dorf nicht mehr gemeldet. Langsam fängt man dort an, sich Sorgen zu machen. Deshalb fahre ich jetzt also nach Süddeutschland, um nachzusehen, was mit ihm los ist. Irgendwo in den bayerischen Alpen, in einem 800-Seelen-Dorf namens Lusertal, soll er angeblich wohnen. Vegetieren wäre wohl das richtigere Wort, denn eine vernünftige Wohnung kann sich diese untalentierte Bergziege bestimmt nicht leisten.

Die Gastarbeiter wurden in den 60er und 70er Jahren ihren Fähigkeiten entsprechend nach Deutschland verschickt: die Kumpels kamen ins Ruhrgebiet, die Schiffsbauer an die Küste und die Nichtsnutze nach Bayern! Und wie es aussieht, die absoluten Luser nach Lusertal.

Meine Frau gibt mir ein großes Essenspaket für Murtaza mit auf den Weg, damit er nach 15 Jahren mal wieder was Anständiges in den Magen kriegt.

Stundenlang bin ich mit meinem Ford-Transit auf der Autobahn unterwegs.

Völlig müde und erschöpft komme ich in Lusertal an. Bei Allah, das kann doch nicht wahr sein: Der Taugenichts Murtaza steht direkt am Dorfeingang und begrüßt mich leidenschaftlich. Aber das ist nicht mehr der Murtaza, den ich vor vielen Jahren in unserem anatolischen Dorf gesehen habe. Wenn er sich nicht vorgestellt hätte, würde ich ihn niemals erkannt haben. Er sieht bayerischer aus als Franz-Josef Strauß in seinen besten Zeiten auf dem Oktoberfest. Mit Lederhose, Trachtenhut, dickem Bierbauch und platten Füssen. Ob Strauß' Füße wirklich so platt waren, das weiß ich ehrlich gesagt nicht mehr – aber so dick war er schon!

»Komm, Osman, ich will dir mein schönes Dorf zeigen«, sagt er stolz.

»Hier, Murtaza, meine Frau hat mir was zu Essen für dich mitgegeben«, stottere ich verdattert.

»Danke schön, aber das wäre doch wirklich nicht nötig gewesen«, sagt er höflich und knautscht das Paket lieblos in seine Tasche.

»Murtaza, sag mal, hast du im Lotto gewonnen oder so?«, frage ich völlig verwirrt.

»Nein, nein, solch dumme Glückspiele mache ich doch nicht«, wimmelt er mich ab und zeigt mir die süße Kirche von Lusertal.

»Murtaza, hast du etwa eine Bank ausgeraubt? Du hast doch wohl nicht Schande über unser Heimatdorf gebracht?«, frage ich, obwohl ich mir ganz sicher bin, dass diese taube Nuss für so was viel zu blöde ist.

»Osman, mein Bruder, du angeheirateter Neffe meines Stiefonkels, wie kannst du so schlecht von mir denken?«, sagt er und zeigt mir viele kleine süße Schwäne, die in einem kitschig schönen See herumspielen.

»Aber nein, Murtaza, ich bin nur ein bisschen verwundert, wie toll du dich herausgeputzt hast.«

»Jetzt sei doch nicht so neugierig, Osman. Ich erzähl dir schon alles. Schau dir erst mal diesen tollen Bauernhof an.«

Einfacher gesagt als getan. Dieser Murtaza ist nicht wiederzuerkennen, und ich soll nicht neugierig sein.

»Grüß Gott, Herr Murtaza Aptaloglu!«

Wirklich jeder, dem wir auf der Dorfstraße begegnen, grüßt ihn sehr höflich und ehrerbietig.

»Sag mal, Murtaza, hat man dir vielleicht – Allah behüte – was Böses angetan?«, frage ich ihn mit besorgter Stimme, »und versuchen diese Dorfbewohner ihr schlechtes Gewissen jetzt mit Geld und Freundlichkeit zu beruhigen?«

»Ach, Osman, wo denkst du denn nur hin? Jede Nacht halten fünf Bürger aus unserer Gemeinde Wache vor meiner Wohnung, damit so was nicht passiert. Sie haben Angst, dass mich die Siegberger entführen könnten«, antwortet er und zeigt mir die Molkerei auf der linken Straßenseite.

In dem Moment kommt ein bayerisches Mädel im Dirndl herausgelaufen und bittet ihn um ein Autogramm.

»Jetzt, hab ich's«, triumphiere ich, »du bist ein Filmstar geworden. Jetzt, wo du so fett geworden bist, drehst du hier in den Bergen Werbefilme als Lila Kuh!«

»Nein, solche Angebote von Film und Fernsehen habe ich immer abgelehnt«, ruft er stolz und zeigt mir die anderen Kühe im Dorf.

Ich bin dem Durchdrehen nahe!

Wie kann es denn eine solche Niete schaffen, so beliebt zu sein? Wieso gelingt mir so was nicht?

Plötzlich hält ein schwarzer Mercedes neben uns und ein dicker alter Mann steigt aus. Lange redet er mit Murtaza und zum Schluss, bevor er wieder wegfährt, höre ich ihn sagen:

»Herr Murtaza, für heute Abend drücke ich Ihnen die Daumen und wünsche Ihnen viel, viel Glück!«

»Jetzt habe ich es, Murtaza«, rufe ich begeistert, »du bist Politiker geworden. Die Befähigung zum Politiker hast selbst du. Du bist garantiert der Bürgermeister von diesem Dorf hier.«

»Nein, nein, politische Ämter habe ich nie angestrebt. Deswegen ist der Bürgermeister mir ja auch so dankbar, dass ich es nicht auf seinen Stuhl abgesehen habe. Das war er nämlich eben.«

Von einem Schock taumele ich zum nächsten.

In Gasthaus bekommen wir Unmengen an Essen, aber der Wirt weigert sich, Geld anzunehmen. Zur allem Überfluss werden wir auch noch vom hübschen Küchenpersonal im drallen Dirndl mit »Murtaza, Murtaza« Sprechchören verabschiedet.

»Murtaza, jetzt sag es endlich«, flehe ich ihn an, »verrate mir, was du mit diesem armen Dorf gemacht hast. Ich arbeite seit 30 Jahren in Halle 4, aber mich grüßt nicht mal der Pförtner. Und den Busen von jungen Frauen bekomme ich niemals zu sehen, geschweige denn, um Autogramme drauf zu schreiben. Bitte, bitte, sag mir endlich, wie so ein bescheuerter, nichtsnutziger Vollidiot so beliebt werden kann? Ich will es auch schaffen! Notfalls ziehe ich sogar nach Lusertal um!«

Sein Ansehen in diesem Dorf ist unübersehbar größer als das von Zinedine Zidane, Dolly Buster und dem Papst zusammen.

»Noch etwas Geduld, Osman, gleich erfährst du alles. Wir

gehen jetzt zum Festzelt von Lusertal, was meinst du, warum ich dich gerade für heute eingeladen habe.«

Auf dem Weg dorthin zeigt er mir eine überlebensgroße Bronzestatue von ihm mitten auf dem Dorfplatz. Ich werde fast verrückt!

Im Bierzelt bekomme ich dann gleich den nächsten Schock: Das Zelt ist voll mit Hunderten von Besoffenen und direkt vor der Bühne steht ein orangener LKW, auf dem groß geschrieben steht: »Murtaza, König von Lusertal!«

»Ich drehe gleich durch, Murtaza! Jetzt sag es endlich!«, flehe ich ihn an.

»Also gut, Osman, dann will ich dich mal aufklären«, sagt er. »Unser schönes Lusertal ist ein kleines, hübsches Dorf, wie du gesehen hast. Und in seiner jahrhundertealten Geschichte hat es ständig unter dem Nachbardorf Siegberg leiden müssen. Solang man denken kann, waren diese Dörfer erbitterte Feinde, und immer haben die Bewohner von Lusertal bei allen Wettkämpfen den Kürzeren gezogen. Sie verloren beim Fußball, sie verloren beim Schafkopfen, sie verloren beim Biersaufen und sie verloren beim Ochsenrennen. Bei der Gebietsreform hatten sie auch das Nachsehen, und zu allem Überfluss klauten ihnen die Siegberger jedes Jahr den Maibaum! Lusertal war also immer auf der Verliererseite – bis ich kam! Durch mich haben sie zum ersten Mal in ihrer Geschichte gewonnen!«

»Aber wie geht das denn? Was kann man denn mit dir überhaupt gewinnen? Den Wettbewerb: Der Luserste Lusertaler?«

»Beim Jodeln!«

»Waaas? Du kannst doch nicht mal jaulen!«

»Jodeln, sagte ich!«

»Eben! In unserem Dorf konnte jede Ziege besser singen als du!«

»Osman, damals, als ich in dieses Dorf kam, habe ich wie alle anderen ehrlichen und erfolgreichen Ausländer meine Karriere bei der Müllabfuhr begonnen.«

»Das war das Einzige, was du halbwegs konntest. In unserem Dorf hast du früher ja auch den Müll gesammelt!«

»Ja, schon, aber in Anatolien hatten wir im Gegensatz zu hier seinerzeit keinen Siebentonner als Müllwagen, sondern nur einen kleinen Esel. Und jedes Mal, wenn mir bei der Arbeit dieser LKW die Füße platt fuhr, muss ich höllisch laut geschrien haben. Und so wurde ich von dem erfahrenen Jodeltrainer Seppl Hinternseer entdeckt und dann bis zur Perfektion ausgebildet.«

Dann stolziert Murtaza unter dem tosenden Beifall des Lusertaler Publikums ganz kuul zum Müllwagen vor der Bühne und gibt dem Fahrer ein Zeichen.

Der Bomben-Urlaub

Als vollwertige Mitglieder dieser unserer deutschen Gesellschaft wollen meine Frau und ich unseren bürgerlichen Pflichten nachkommen und wie jeder anständige Deutsche wenigstens einmal im Leben Urlaub auf Gran Canaria machen.

»Oh, wie altmodisch, Gran Canaria ist doch total ›aut‹. Da waren wir schon vor 20 Jahren«, höre ich jetzt einige von Ihnen förmlich rufen. Darauf kann ich nur antworten:

»Was Sie jetzt ›in‹ finden, den Orient und die Türkei, da war ich schon vor 48 Jahren und letzten Sommer auch.«

Meine Gattin Eminanim und ich stehen mitten auf dem Bremer Flughafen und schauen uns um, zu welchem Schalter wir müssen. Meine Frau hat alle ihre Überseekoffer so vollgestopft, als würden wir wieder mit unserem Ford-Transit in die Türkei fahren.

Endlich haben wir unseren Schalter für Gran Canaria entdeckt. Aber davor steht leider eine riesige Schlange.

Ich hasse Schlangen, ich hasse Flugzeuge, ich hasse Gran Canaria; ich sterbe nämlich vor Angst.

Ich habe Angst, dass wir abstürzen. Ich hasse Abstürze jeder Art. Egal, ob durch Maschinenschaden, Computerfehler, Bombenexplosion, Vogelschlag, Benzinmangel oder durch einen ganz normalen, banalen Pilotenfehler.

In jedem, der hier rumläuft, sehe ich einen potentiellen Terroristen. Alles Mögliche kann sich hinter diesen ganzen, wie harmlose Passagiere aussehenden Menschen verstecken: RAF, CIA, El Kaida, Hooligans aus England und Kamerun. Als ich darüber gerade genauer nachdenke, spricht mich jemand von hinten an:

»Entschuldigen Sie bitte, können Sie mir sagen, wo hier die Toiletten sind?«

Ich habe keine Ahnung. Aber ich zeige dem Terroristen irgendeine Richtung, damit er mich nicht als Geisel nimmt. Er stellt einen kleinen Handkoffer neben meine Füße und sagt:

»Können Sie bitte solange auf meinen Koffer aufpassen« und rennt dann in die von mir gezeigte Richtung los. Ich packe meine Frau am Arm und laufe so schnell ich kann in die entgegengesetzte Richtung. Nach 50 Metern bleibe ich stehen, und wir verstecken uns hinter einem Mülleimer. Meine Frau versucht verzweifelt, Luft zu bekommen. Dieser 50-Meter-Lauf war die größte sportliche Betätigung, die sie in den letzten 25 Jahren vollbracht hat.

»Bei Allah«, schnauft sie, »Osman, warum rennst du wie ein Wahnsinniger? Warum hast du mich hierher gezerrt?«

»Eminanim, sei ruhig, geh in Deckung! Das Ding geht gleich hoch!«

Ich kneife die Augen zusammen und schmeiße mich auf den Boden. Ich drehe mich ein paar Mal und knalle voll mit dem Kopf gegen einen Mülleimer.

Eine Sekunde, zwei Sekunden, drei Sekunden, vier Sekunden, fünf Sekunden, sechs Sekunden, ... elftausendneunhundertachtundvierzig Sekunden, immer noch keine Explosion.

Ich mache die Augen auf und sehe, dass sich alle Passagiere und das Flughafenpersonal um mich versammelt haben. Meine Frau sagt:

»Bitte gehen Sie weiter, meine Herrschaften. Es ist nichts. Mein Mann hat nur wieder einen seiner Anfälle.«

Der Lautsprecher plärrt:

»Alle Passagiere des Fluges Gomera Airlains 007 nach Gran Canaria werden dringend zum Schalter 4 gebeten.«

Ich rapple mich hoch und schaue über den Mülleimer:

»Frau, warum ist der Koffer denn immer noch nicht explodiert?«

»Aber Osman, warum soll ein Koffer denn explodieren?«

»Eminanim, hast du nicht gemerkt, wie der Terrorist die Bombe neben uns gestellt hat?«

»Wieso Terrorist? Das war doch ein ganz normaler Deutscher. Mit fettigen blonden Haaren, Bierbauch und lang wie eine Bohnenstange. Ein ganz normaler Deutscher eben.«

Außer mir ahnt niemand, in welcher Gefahr sich dieser Flughafen befindet.

»Eminanim, geh doch mal rüber und schau, was mit der Bombe los ist. Tu was für dein zweites Vaterland. Mach dir keine Sorgen, die Kinder und ich werden dich nie vergessen.«

»Osman, ich habe den Verdacht, du liebst mich nicht mehr.«

»Stell dich doch nicht so an, du Feigling. Türkische Frauen kennen keine Angst!«

»Osman, ich bin die Mutter deiner Kinder!«

»Frau, denk nicht immer nur an dich. Die Situation hier ist von nationaler Bedeutung.«

»Die Passagiere des Fluges nach Gran Canaria, Osman und Eminanim Engin, werden zum letzten Mal dringend gebeten ...«

»Frau, du hörst doch! Wir haben keine Zeit mehr, beeil dich!«

»Osman, ich will nach Hause. Ich habe keine Lust mehr auf Urlaub. Ich lasse mich scheiden. Ich gehe zu meiner Mutter zurück.«

Beim Gedanken an die Bombe und die Schwiegermutter läuft mir der Angstschweiß endgültig die Beine herunter.

In dem Moment sehe ich, wie der Terrorist seinen Koffer schnappt und weggeht.

Gelassen sage ich zu meiner Frau:

»Na gut, wenn du solche Angst hast, dann gehe ich eben als Erster. Mut ist nun mal keine Frauensache.«

IRGENDWANN WURDEN MIR
DIE SICHERHEITSKONTROLLEN
BEIM EINCHECKEN ZU BLÖDE
TIL

Road-Muvie-Urlaub

Eminanim hat sich dieses Jahr mit ihren Freundinnen ein Wällnis-Paket gebucht. Diese günstige Gelegenheit ergreife ich natürlich sofort und mache endlich mal wieder einen richtigen Männerurlaub. Ich fahre mit meinem Arbeitskollegen Hans in die Türkei und wir machen Road-Muvie-Urlaub.

Das heißt, wir fahren mit meinem Ford-Transit und einer Videokamera die Küste entlang von einem schönen Ort zum nächsten und filmen dabei alles, was sich uns in den Weg stellt.

Das hätten wir natürlich auch »Japanischer-Urlaub« nennen können, dann wäre es etwas verständlicher. Aber diese Japaner trifft man ja mit ihren Kameras nie am Strand, sondern immer bei irgendwelchen Ruinen. Oder einfach nur auf der Straße. Außerdem sind sie sehr detailverliebt. Gestern habe ich gefilmt, wie ein Japaner mit einer wahren Engelsgeduld die ganzen 17 Minuten gefilmt hat, die seinem Kumpel von einem Schuhputzer seine Schuhe blitzblank gewienert wurden. Wenn ich mal meine Schuhe putzen lasse, dauert das höchstens zwei Minuten.

Dieser karrieregeile Schuhputzer hat garantiert darauf spekuliert, dass er wegen diesem tollen Pablisitivideo von einem großen japanischen Schuhputz-Konzern abgeworben wird. So ein Vaterlandsverräter!

Aber so ist es leider zurzeit in jeder Hinsicht in der Türkei.

Die leckersten Wassermelonen werden nach Europa verschleudert und die Japaner bekommen die Schuhe am glänzendsten poliert. Nur zahlen müssen sie doppelt und dreifach.

Nachdem wir den ganzen Vormittag die schönsten Mädchen am Strand gefilmt haben – es gab überhaupt keine Schwierigkeiten, nur einmal wurde Hans von einem schrecklich eifersüchtigen Ehemann ein bisschen verprügelt und später von einem humorlosen Möchtegern-Liebhaber mit einer zwei Meter langen Harpune über den ganzen Strand gejagt –, merken wir, dass wir einen Riesenhunger haben.

Wir halten irgendwo am Straßenrand bei einem Restaurant an, das genauso verstaubt ist wie die Landstraße. Erschöpft nehmen wir an einem der Tische Platz. Danach baue ich das Stativ auf und stelle unsere Videokamera drauf. Die soll mal ein bisschen alleine arbeiten, ich habe keine Lust mehr, das verwöhnte Ding wie ein kleines Bäby ständig auf dem Arm durch die Gegend zu tragen.

Ich bestelle sofort mein Lieblingsgericht: Bohnen und Reis und dazu Hirtensalat. Also Tomaten, Gurken, Zwiebeln, Petersilie, Zitrone und Oliven.

Um diese Zeit, kurz nach 14 Uhr, sind Hans und ich die einzigen in diesem Restaurant. Offenbar verdirbt die brutale Hitze nicht nur meiner Frau Eminanim den Appetit. Sie beklagt sich immer, dass sie bei der Hitze tagsüber nichts essen kann. Bei meinem Kumpel Hans und mir bewirkt das Wetter genau das Gegenteil.

Sonst sind nur noch der dünne Kellner und der dicke Chef von dem staubigen Laden da, der an der Kasse sitzt und sich langweilt. Weder Türken noch Deutsche oder irgendwelche anderen Touristen lassen sich blicken. Japaner schon gar nicht! Die sehe ich auch nie in einem Restaurant sitzen. Nicht mal im japanischen Restaurant! Ich vermute, dass sie ihren Proviant aus Japan mitbringen und überall hinschleppen. Vielleicht essen sie ja auch den ganzen Urlaub gar nichts, so dünn wie die sind.

Hans wartet noch auf seine herrlich duftenden, auf dem Kohlegrill brutzelnden Köftes, aber ich bekomme schon meine Bohnen und Reis. Und falle sofort gierig über sie her. Der Salat ist noch nicht da. Der Hirte hat sich wahrscheinlich auf der Suche nach den Tomaten verirrt. Aber dafür bekommen wir als Ersatz den dicken Chef serviert. Offensichtlich aus purer Langeweile setzt der sich ungefragt einfach an unseren Tisch. Besuch à la Chef sozusagen. Aber er braucht ja auch nicht um Erlaubnis zu fragen, schließlich gehört ihm ja der Laden.

Oder bekommt man in dieser Gegend als Hirtensalat den Hirten persönlich an den Tisch serviert?

»Ist dieser Kerl hier etwa ein Kartoffelfresser?«, fragt der Hirte unvermittelt und entpuppt sich eher als ein blöder Hirtenhund.

»Ja! Aber heute will er lieber Köfte fressen«, mampfe ich mit vollem Mund.

»Ich mag diese Kartoffelfresser nicht!«, sagt er.

Na toll! Das ist jetzt genau das, was ich mir bei einem gemütlichen Essen wünsche! Ich habe einen riesigen Kohldampf und hab überhaupt keine Lust auf alberne Diskussionen. Und erst recht nicht mit einem blöden Nationalisten! Die kann ich ja nicht mal mit vollem Bauch ausstehen!

»Wie schade«, mampfe ich weiter, »der Kartoffelfresser hat nämlich gerade gesagt, dass er Sie sehr sympathisch findet.«

»Ist der Kerl etwa auch noch schwul?«

»Nein, er hat nur einen schlechten Geschmack!«

»Also ich finde, dass diese Deutschen ein sehr dreckiges Volk sind!«

»Wie kommen Sie denn jetzt plötzlich da drauf? Waren Sie denn schon mal in Deutschland?«

»Nein, das nicht. Zum Glück hab ich nicht so viele Deutsche kennengelernt.«

»Warum auch? Sie haben völlig recht! Um Vorurteile zu haben, braucht man die Menschen doch gar nicht zu kennen. Es ist sogar sehr hilfreich, wenn man sie nicht kennt. Gerade dann bekommt man die schönsten und die dicksten Vorurteile!«

Also gut, ich brauche es ja nicht zu leugnen, Sie wissen ja mittlerweile, dass ich auch jede Menge davon habe. Vorurteile meine ich. Und wie jeder Mensch hege und pflege ich natürlich auch sorgfältig meine Vorurteile. Aber ich gehe damit nicht fremden Leuten beim Essen auf die Nerven, verdammt!

Gelangweilt durch unsere türkische Unterhaltung fängt Hans plötzlich an, den Tisch sauber zu machen. Er leert den vollen Aschenbecher in einen Mülleimer, sammelt Servietten auf, die der Wind zerstreut hat, und wischt mit einem sauberen Taschentuch den Tisch ab. Und dann stürzt er sich mit der gleichen Begeisterung auf die Tische rechts und links. Wie ich ihn kenne, will er irgendwie die Wartezeit überstehen, bis sein Essen da ist.

Mit großen Augen beobachtet der Restaurantbesitzer das seltsame Geschehen und wird dabei knallrot.

»Hat er mich etwa verstanden? Kann der Kartoffelfresser Türkisch?«, fragt er panisch.

»Das nicht! Aber dein Laden ist anscheinend so versifft, dass nicht mal die dreckigen Deutschen es hier aushalten!«

»Das glaub ich nicht! Der hat bestimmt vorher selber alles hier eingesaut. Deshalb macht er es jetzt wieder sauber!«

Ich nehme den Videorekorder vom Stativ und beweise dem Chef, dass sein heruntergekommener Laden schon vor unserer Ankunft so dreckig war.

Jetzt weiß ich endlich, warum die Japaner überall auf dieser beschissenen Welt selbst den kleinsten Mist so eifrig dokumentieren!

Urlaubssouvenir

Liebe Leser, früher ist es mir sehr oft passiert, dass ich aus Hotelzimmern Sachen mitgehen ließ, die ich gar nicht haben wollte. Sie werden jetzt denken, ich leide unter Kleptomanie. Aber nein, meine liebevolle Frau Eminanim wollte das ganze Zeug haben, und aus Angst, sie könnte bei der Abreise durchsucht werden, hat sie die ganzen Handtücher und Bademäntel einfach in meinen Koffer gestopft.

Aber mittlerweile tun wir so was Unrechtes nicht mehr. Wir haben auf den rechten Weg der Tugend zurückgefunden, weil wir in unserem Keller nichts mehr finden können, wegen der vielen tausenden Hotel-Handtücher. Früher haben wir sie noch nach Farbe und Größe sortiert. Aber danach haben wir die Tücher nur noch in jedes noch so kleine Loch gestopft, das wir im Keller ausmachen konnten.

Ursprünglich wollten wir ja mal einen Handtuchladen eröffnen, aber dann liebäugelten wir wegen des besseren Verdienstes mit einem Fernsehfachgeschäft. Aber kaum hatten wir gerade mal alle Kinderzimmer mit einem Fernsehgerät ausgestattet und zwei hübsche Stücke als Geschenke mit in die Türkei genommen, schon haben sie alle Apparate in den Hotels entweder an die Wand geschraubt oder auf der Kommode festgeschweißt. Ein Geschäft mit abgegrabbelten Fernbedienungen würde sich nicht rentieren und die Batterien von denen sind sowieso immer leer. Mit Badezimmerspiegeln, Duschvorhängen und Toilettendeckeln sind wir auch nicht reich geworden. Doch dann habe ich einen Tipp bekommen: Ein Laden mit kompletten Kloschüsseln sollte angeblich erfolgreich laufen. Aber die entsprechend großen Koffer konnten wir nicht auftreiben. Einmal haben wir trotzdem versucht, das Ding abzumontieren, aber handwerklich begabt war ich noch nie.

Ich hatte gerade die letzte Schraube rausgedreht und hielt triumphierend die Kloschüssel in die Höhe, um die kostbare Beute meiner Frau zu zeigen, da platzte der Hotelmanager mit dem Ersatzschlüssel in unser Badezimmer.

»Was machen Sie denn da? Sie haben das ganze Hotel unter Wasser gesetzt!«, brüllte er mich an.

»Meine Frau kann sich aus hygienischen Gründen nicht auf fremde Kloschüsseln setzen. Sie ekelt sich ganz schnell. Deshalb habe ich versucht, unsere mitgebrachte Kloschüssel zu montieren«, war die beste Ausrede, die mir damals eingefallen ist. Keine Sekunde später habe ich gemerkt, dass dies keine perfekte Lüge war. Der Hotelmanager wollte nämlich unsere mitgebrachte Kloschüssel sehen. Der Mann war nämlich auch nicht doof – sonst wäre er ja nicht Hotelmanager geworden, sondern Page geblieben.

»Das haben wir auch eben gemerkt, dass wir unsere kleine Reiseschüssel diesmal zu Hause vergessen haben«, stotterte ich. »Deswegen wollte ich aus unserem Badezimmer ein gemütliches orientalisches Plumpsklo machen! Das sieht zwar nicht gut aus, riecht auch ein wenig streng, aber was tut man nicht alles für seine geliebte Ehefrau?«

Also, liebe Leser, Sie brauchen überhaupt nicht so scheinheilig dreinzublicken. Ich bin mir absolut sicher, dass Sie des Öfteren auch was mitgenommen haben – wenn auch nur als sogenanntes »Urlaubssouvenir«. Vielleicht hat man ja sogar wegen Ihnen diese nervigen neuen Sicherheits-Kleiderbügel erfunden. Wo der Haken an der langen Kleiderschrankstange angeschweißt ist, und nur der untere Bügelteil abnehmbar ist. Also meinetwegen kann's jedenfalls nicht sein, ich hatte nie vor, einen Laden mit Kleiderbügeln zu eröffnen!

Vielleicht mag es ja unter Ihnen ein, zwei angeblich ehrliche Häute geben, die so was in ihrem Leben noch nie gemacht haben. Die weder Handtücher noch Bademäntel, noch Fernseher, noch Kloschüsseln oder Handwaschbecken geklaut haben. Aber haben Sie auch noch nie ein belegtes Brötchen geklaut?

Also, wenn wir im Hotel sind, nehmen wir beim Frühstück immer sechs belegte Brötchen als Proviant für den langen Tag mit. Drei für mich, drei für Eminanim. Wenn die Kinder dabei sind, dann wird's natürlich etwas mehr. Meine Frau und ich teilen uns die Schmiere-Arbeit immer auf. Ich stehe, oder besser gesagt, ich sitze immer Schmiere und Eminanim schmiert die Brötchen. Ich muss ihr ständig sagen, dass kein Mensch zu uns guckt, damit sie sich nicht aufregt. »Eminanim, keine Angst, alle sind mit sich selbst beschäftigt. Niemanden interessiert, was wir hier treiben. Und die Bedienung ist in der Küche. Du kannst in Ruhe weiterarbeiten. Ich möchte meine Brötchen mit viel Käse und Marmelade haben«, flüstere ich.

»Deine hab ich schon gemacht, die sind schon in der Tasche. Für mich musst du noch drei Scheiben Hühneraufschnitt holen«, flüstert sie zurück.

»Okäy, für mich hole ich noch einen Joghurt und drei Bananen.«

»Osman, brüll doch noch einen Tick lauter, der Mann an der Rezeption hat es vielleicht noch nicht mitbekommen.«

»Gut, gut, ich sag nichts mehr!«

»Schön. Bring mir bitte auch zwei Äpfel und fünf Kiwis – aber von den etwas festeren, hörst du? Nicht von den matschigen, die du gestern mitgebracht hast.«

»Jaaa, du brauchst aber nicht noch lauter zu schreien. In deinem Fall hat auch der Mann an der Rezeption bestimmt schon alles mitbekommen.«

»Los, geh endlich, zieh ab!«

Ich muss dazu sagen, dass während des Schmierestehens oder des Schmierens unsere Nerven immer völlig blank liegen. Niemand will wegen eines lächerlichen Brötchens – mag es noch so üppig belegt sein – vor allen Leuten als Dieb dastehen. Die äußerst negative Erfahrung mit der geklauten Kloschüssel hat sich tief in unsere Köpfe eingebrannt.

Ein paar Sekunden später sind die sechs Brötchen fertig und zusammen mit dem ganzen Obst in der eigens dafür mitgebrachten Handtasche deponiert.

Danach bestellen wir uns bei der Bedienung noch eine Tasse Kaffee, um die erfolgreich beendete Arbeit in Ruhe zu begießen.

»Osman, schau doch, unter dem Müslitisch stehen jede Menge Milchflaschen. Nimm dir beim Rausgehen auch eine Flasche Milch mit, damit wir die Brötchen nicht trocken essen müssen. Aber meine Handtasche ist schon bis oben voll!«

»Kein Problem, die stecke ich mir in meine Innentasche.«

Gutgelaunt stehen wir dann auf. Wir schlendern hochnäsig an den gierig mampfenden Menschen vorbei, als könnten wir es nicht mehr mit ansehen, wie hemmungslos diese Gauner das offene Büfett plündern. Im Vorbeigehen bücke ich mich unter den Müslitisch und schnappe unauffällig zwei Flaschen Milch und stecke sie blitzschnell in die Innentaschen meiner Jacke. Mit dem Hals nach unten, weil der Boden der Flaschen zu breit für meine Jackentaschen ist. Eminanim zwinkert anerkennend mit den Augen:

»Osman, jetzt hast du in der Bluse mehr als ich. Nicht mal während des Stillens hatte ich zwei Liter Milch auf einmal«, lacht sie.

Als wir eben an der Rezeption vorbeigehen, macht es laut »plop-plop« und zwei Liter Milch ergießen sich wie ein Wasserfall über meine Jacke, meine Hose, meine Unterhose, die Socken und die Schuhe auf den teuren roten Teppichboden. Ich weiß nicht, was ich machen soll, und bleibe mit hochrotem Kopf wie angewurzelt stehen. Eminanim reißt aus ihrer Tasche panisch ein paar Servietten, um den bereits versauten Teppichboden irgendwie zu reinigen. Dabei springen mehrere doppelt- und dreifach belegte Brötchen aus ihrer Tasche und unzählige Käse- und Hühneraufschnittscheiben belegen plötzlich den Boden.

»Hoppla, wo kommen denn plötzlich die ganzen Brötchen her?«, stottert Eminanim mit hochrotem Kopf. Ich bin nicht mal mehr in der Lage, so einen Schwachsinn rauszubringen.

Ich laufe einfach davon … verfolgt von einer langen weißen Spur!

Urlaubsreif im Urlaub

Weil wir ja fast immer in die Türkei fahren, wollen wir uns zur Abwechslung auch mal in Oberbayern erholen und fahren deshalb nach München. Im Urlaub in so einem richtigen 5-Sterne-Hotel zu residieren ist einfach himmlisch. Das Foyer ist dort so groß wie ein Fußballstadion und mit dicken, weichen Teppichen ausgelegt. An der hellen, mit teurem Holz getäfelten Rezeption arbeiten fünf junge Frauen, von denen eine hübscher als die andere ist. Das große Zimmer, das bequeme Bett, die zuvorkommende Bedienung – alles ist klasse!

Auch das Essen ist in diesen teuren Luxus-Hotels selbstverständlich einsame Spitze und eine wahre Gaumenfreude. In diesen Erholungstempeln werden jeden Abend ein Dutzend sehr schöne Gerichte zelebriert. Diese delikaten Kunstwerke werden ab 18 Uhr auf langen, mit schneeweißem Stoff liebevoll dekorierten Tischen dem ausgehungerten Publikum präsentiert. Die köstlichen Spezialitäten, wobei die eine besser als die andere schmeckt, werden dann von ihren Schöpfern, die große weiße Kochmützen tragen und sehr wichtigtuerisch auftreten, höchstpersönlich auf den Teller gepackt. Dabei bekommt man viele vertrauliche Detail-Informationen über die Delikatessen zugeflüstert, natürlich mit dem dazugehörigen, entsprechend charmanten Akzent, der die Herkunftsländer der leckeren kulinarischen Genüsse widerspiegeln soll. Italienische Küche, französische Küche, asiatische Küche, orientalische Küche und noch viele andere mehr. Und man darf so lang reinhauen, wie man kann – bis man platzt!

Das Frühstück ist genauso toll und, kaum zu glauben, aber wahr: noch viel, viel üppiger und abwechslungsreicher! Wie es sich für ein 5-Sterne-Hotel gehört, fängt jedes Frühstück selbstverständlich mit einem wohltemperierten, prickelnden Sekt an.

Es werden frühmorgens meterlange Tische mit unzähligen leckeren Sachen vollgepackt. Viele verschiedene, hübsch anzusehende, sehr gesunde Müslisorten, dazu die exotischsten und geheimnisvollsten Früchte – getrocknet oder frisch! Mindestens ein Dutzend farbenprächtige, frisch gepresste Obstsäfte. Tee oder Kaffee in sehr schicken und wertvollen Porzellankannen und in fünfzig verschiedenen Sorten. Eier in allen möglichen Variationen – gekocht, gebraten, gebacken, mit Gemüse, mit Wurst, mit Ei. Wirklich Ei mit Ei: ein knusprig gebratenes Rührei mit gewürfeltem Schinken und in der Mitte ein Spiegelei, das noch ein klein wenig wabbert.

Dazu tausend Sorten köstlichen Käse aus aller Welt und mindestens genauso viele Aufschnittsorten von allen möglichen Tieren dieser Erde. Und erst die Marmeladen: rot, gelb, blau, grün, schwarz, mit Zucker, ohne Zucker, mit Bio, ohne Bio. Und als krönender Abschluss, sozusagen das i-Tüpfelchen obendrauf: weit und breit keine Kinder – weder gebraten noch gekocht!

Das ist mit Abstand das Beste an diesen teuren, edlen 5-Sterne-Hotels, die es ja in Bayern zuhauf gibt, die aber für eine einzige Übernachtung leider meinen gesamten Monatslohn verlangen. Und weil sie ja eben so unverschämt teuer sind, können sich kinderreiche Familien so was auf keinen Fall leisten. Die glücklichen Gäste solcher 5-Sterne-Hotels wissen gar nicht, dass außerhalb ihres Paradieses solche lärmenden, ungezogenen Blagen existieren, die schon morgens beim Frühstück völlig aufgedreht durch das Restaurant hin und her rennen und jeden Gast unglaublich nerven! Am meisten mich natürlich. Weil diese kinderreichen Familien ihren unverschämten Nachwuchs nur in diesen Billighotels deponieren, wo ich mit meiner Frau auch immer absteige.

Diese Absteigen sind genau das Gegenteil von den 5-Sterne-Hotels, und zwar in der ganzen Welt. Das Foyer … was für ein Foyer? So was kann man gleich vergessen. Als Rezeption wird einem meistens eine kleine Kammer unter der Treppe vorgegaukelt, und da drin sitzt entweder eine alte Oma oder ein klappriger Opa, der nicht hören kann. Diesen guten Sörvis findet man natürlich nur bei Billig-Absteigen mit Niveau. Bei den noch schlechteren kann es schon auch mal vorkommen, dass an der Eingangstür auf einem vergilbten Schild steht: »Bitte holen Sie Ihre Schlüssel beim Wirt in der Kneipe nebenan ab!« Und zwar ausschließlich in bayerischer Sprache. Wir sind heute den ganzen Tag gefahren und haben am Rande von München stundenlang das passende Hotel für uns gesucht, weil, wie gesagt, wir zu diesen armen, kinderreichen Familien gehören, die sich während der Sommersaison keine teure Herberge leisten können. In der Wintersaison erst recht nicht! Eigentlich nie!

»Eminanim, warte hier, ich hole schnell den Schlüssel da nebenan in der Kneipe ab«, sage ich und humple rüber. Stundenlanges Sitzen im Ford-Transit macht jeden fertig.

Der schon ziemlich besoffene Wirt fragt auf Bayerisch:

»Wos füran Schlüssl denn? Homs earna Schlüssel hier verlorn?«

»Nein, ich wohne in dem Hotel nebenan.«

»Leid, hobt's gheard, der wohnt nebenan«, lacht er sich auf Bayerisch kaputt.

Und wenn ich unsere Zimmer hier mit denen der 5-Sterne-Hotels vergleichen soll – obwohl ich diese Luxushotels ja nur vom Fernsehen kenne – stelle ich fest, dass die einzige Ähnlichkeit darin besteht, dass wir hier auch vier Wände haben. Aber auch da gibt es selbstverständlich einige Unterschiede. Anstelle von großen, teuren, farbenfrohen Gemälden haben wir hier große, schimmlige, braune Wasserflecken, und unsere Wand ist nicht gemauert worden, sondern zugeklebt. Diese sogenannte Wand besteht wirklich nur aus Pappe, wir können alles sehr deutlich hören, was im Nebenzimmer passiert, ja, sogar fast sehen. Nicht nur im Nebenzimmer natürlich, sondern im ganzen Hotel – inklusive der Kneipe nebenan! Und alles stinkt! Das Bett, der Schrank, die Toilette – und die Kakerlaken im Klo! Dass die Toilette stinkt, kann ich schon nachvollziehen, weil die Spülung nicht funktioniert. Ein kleiner Eimer Wasser steht daneben, auf dem viele schwarze Fliegen Schauflüge veranstalten. Aber dass sogar der Spiegel stinkt, das hatte ich bisher nur an der E5 in Serbien erlebt!

Nach einer sehr unruhigen Nacht mit reichlich vielen Mücken werde ich am nächsten Tag durch die höllisch laute Müllabfuhr aufgeschreckt, als knallten sie die ganzen leeren Mülleimer nacheinander zurück an meinen Kopf! Unter starken Rückenschmerzen versuche ich mich auf dem extrem unbequemen Bett aufzurichten, um mich ins Frühstückszimmer zu schleppen. Was ich mir lieber hätte sparen sollen. Dort sehe ich nämlich ein sehr offenes Büffet. Es ist so was von offen, dass es völlig leer ist! Stattdessen blicken mir auf einem kargen Tisch zwei steinharte Brötchen entgegen. Dazu gibt es noch eine Marmelade in einen kleinen Plastikbehälter gepresst, deren Haltbarkeitsdatum vorletztes Jahr abgelaufen ist. Etwas, was früher wahrscheinlich mal so etwas Ähnliches wie Butter war, das aber nach mehrmaligem Auf- und Abtauen mittlerweile eine undefinierbare Farbe angenommen hat, ist auch auf dem Tisch gelandet; oder es befindet sich bereits seit Eröffnung des Hotels dort, wer kann das schon wissen? Der Käse ist mindestens ein Jahr gereift. Aber nicht in den Schweizer Alpen in den Käsemolkereien, sondern hier in unserem Frühstücksraum. Als ich die getrockneten und verwelkten Ränder davon abschneide, bleibt nichts übrig.

Die Bedienung lässt sich auch nicht blicken, Kaffee kommt nach einer halben Stunde, die Tasse hat eine knallrote Lippenstiftspur, die nicht von mir stammen kann. Ich bevorzuge dezentere Töne. Und falls wir Tee trinken wollen, sind sie auf jeden Fall bereit, uns heißes Wasser zu geben, aber den Teebeutel müssen wir schon selber mitbringen.

Sonst kann ich über unser Frühstück nicht viel erzählen, weil es nichts anderes gibt! Außer natürlich eine Horde von höllisch lauten Blagen, die andauernd hin und her hetzen, die ständig rumbrüllen und einen nicht mal diese wenigen unappetitlichen Sachen in Ruhe runterwürgen lassen.

Meine Frau Eminanim kann anscheinend auch nicht mehr:

»Osman, lass uns lieber wieder schöne Hotels zu Hause im Fernsehen anschauen, als in so einem unmöglichen Loch wie hier zu leiden. Ich bin mir ganz sicher, dass ich mich dadurch viel besser erholen werde.«

Ich bin natürlich sofort einverstanden!

WENN ICH ZEIT HÄTTE, WÜRDE ICH ERST MAL RICHTIG URLAUB MACHEN
TIL

1-Euro-Urlaub

Nicht nur in Frankreich und Italien sind die Preise enorm gestiegen, nein, auch in der Türkei. Deshalb hat Eminanim uns statt einem Hotel diesmal eine Ferienwohnung direkt an der türkischen Ägäis besorgt. Alles andere ist eindeutig zu teuer. Besonders, wenn man bedenkt, dass unsere Familie mehr Mitglieder hat als eine mittlere Handballmannschaft. Und diese Ferienwohnung ist wirklich sehr, sehr günstig; selbst für unsere Verhältnisse – sie kostet nämlich nur 1 Euro pro Tag.

Eminanim hat diese supergünstige Sommerwohnung bei unseren Freunden Nedim und Hümeyranim abgestaubt, weil die beiden erst einen Monat später in die Türkei reisen. Meine Frau hat gekämpft wie eine Löwin, um die Wohnung für zwei Wochen zu bekommen, denn die Liste der Bewerber war unendlich lang. Fast die gesamte Belegschaft von Halle 4 und sämtliche Bewohner des Karnickelwegs standen Schlange – von Nedims und Hümeyranims gieriger Verwandtschaft in der Türkei ganz zu schweigen. Unter diesen erschwerten Umständen ist es eine echte Leistung, dass sich meine Frau volle zehn Tage von der Beute sichern konnte. Besonders, wenn man bedenkt, dass die beiden Besitzer in ihrer eigenen Wohnung selber nur eine Woche bleiben dürfen.

Wie dem auch sei, nun sitzen wir also in unserer Ferienwohnung in Akcay, idyllisch schön gelegen, nur schlappe drei Kilometer vom Strand entfernt. Besser gesagt, ich hocke in dieser dämlichen Hütte bei dieser brütenden Hitze mutterseelenallein rum. Wir sind vor knapp zwei Stunden hier angekommen, Eminanim und die Kinder sind sofort schwimmen gegangen und hinterher wollen sie noch einkaufen. Unsere Vorgänger müssen richtige Geizkragen gewesen sein, die haben weder eine einzige Tomate zurückgelassen noch eine halbe Flasche Wasser. Dafür aber jede Menge Müll, den ich alleine bei dieser Affenhitze fünf Stockwerke nach unten schleppen durfte, wobei der fürchterliche Gestank mir sämtliche Nasenschleimhäute für immer verätzt hat. Nach den unglaublichen Ausdünstungen und den Horden von schwarzen Fliegen zu urteilen, standen diese Unmengen von Plastiktüten schon seit Monaten in der Wohnung. Vielleicht auch seit Jahren – so ein guter Müllexperte bin ich auch wieder nicht, um das fachlich richtig beurteilen zu können. Ich kann mir aber schon vorstellen, wie alle meine Vorgänger in dieser 1-Euro-Wohnung argumentiert haben:

»Ach, lassen wir doch den Dreck liegen. In ein paar Monaten kommt doch Osman – der kann ja dann den Müll runtertragen. Für was anderes ist der ja sowieso nicht zu gebrauchen.«

Genauso hab ich meiner Frau gegenüber nämlich auch argumentiert, dass doch der Nedim seinen dämlichen Müll selber runterschleppen soll, wenn er hierherkommt, aber Eminanim wollte davon nichts wissen.

»Osman, wie kannst du nur? Es stinkt doch im ganzen Gebäude wie Sau«, hat sie geschimpft. »Du bringst jetzt sofort den Müll runter, hast du gehört!«

»Ist doch ganz normal, dass es im ganzen Haus stinkt«, konterte ich, »wir haben ja in der Wohnung nicht mal Fenster und Türen.«

Ach so, ich glaube, ich hab's noch gar nicht erwähnt, dass in unserer 1-Euro-Wohnung keine Fenster und Türen sind. Von solchen Nebensächlichkeiten wie Betten, Tischen und Stühlen will ich erst gar nicht reden. Aber das ganze überflüssige Zeug braucht man ja im Urlaub im Grunde auch nicht – man liegt den ganzen Tag am Strand und lebt ansonsten von Luft und Liebe. Der Balkon ist allerdings auch nicht ganz sicher, weil die Brüstung komplett fehlt. Für Kinder und Menschen mit Höhenangst nicht unbedingt zu empfehlen. Genauso wie das Treppenhaus. Die Betontreppen sind schon vollzählig an ihrem Platz, damit schwindelfreie Menschen Nedims Wohnung in der fünften Etage irgendwie erreichen können, ohne jedes Mal die Feuerwehr zu rufen – nur das Treppengeländer fehlt! Man darf nicht aus Versehen in Versuchung kommen, sich anlehnen zu wollen. Wenn doch, dann nur ein Mal! Tagsüber geht's ja noch, aber wenn abends in der gesamten Siedlung der Strom abgestellt wird, dann verwandelt sich unser Strandurlaub in einen echten Abenteuerurlaub.

Aber damit hier kein falscher Eindruck entsteht: Die Feuerwehr kann einem eigentlich auch nicht helfen, die oberen Wohnungen zu erreichen, weil sie selber das Haus nicht erreichen kann. Es fehlen nämlich auch die Straßen, die hat man leider auch vergessen. Durch irgendwelche Büsche und Trampelpfade haben wir uns zum Haus gekämpft und sind völlig zerkratzt und blutend angekommen. Es ist mir völlig schleierhaft, wie man dieses riesige Hochhaus hier mitten in der Pampa bauen konnte. Es ist aber auch gut möglich, dass der Zufahrtsweg nach Jahren wieder zugewachsen ist. Nedim hat diese Wohnung bereits vor 7 Jahren von einer sogenannten »Kooperative« gekauft und sie sollte ihm schlüsselfertig übergeben werden. Aber dazu kam es nicht. Wie gesagt – ohne Türen keine Schlüssel!

Denn kaum hatte man damals die Außenwände hochgezogen, machte sich der Bauunternehmer mit dem gesamten Geld der Kooperative und der Frau des Architekten aus dem Staub. Die Frau des Architekten tauchte nach fünf Wochen mit verheulten Augen wieder auf, bereute alles und ging zu ihrem Mann zurück. Nedim hat jahrelang darauf gewartet, dass sein armes, verschwundenes, treuloses Geld irgendwann auch voller Reue und mit verheulten Augen zu ihm zurückkehrt – aber leider vergebens! Er blieb auf dieser Rohbauwohnung ohne Türen, ohne Fenster, ohne Strom und ohne Straße sitzen. Wir natürlich mit ihm. Ich muss zugeben, ich hätte sogar gerne das Doppelte bezahlt, nämlich 2 Euro pro Tag, aber dafür solchen Luxus wie Türen, Fenster, Tische, Stühle, Strom, Treppengeländer, Balkongeländer und Putz an den Wänden gehabt. Na ja, wenigstens macht uns kein türkischer Straßenlärm verrückt, weil die nächste Straße gut fünfhundert Meter weg ist. Viele Arbeitskollegen haben sich über Nedim lustig gemacht, dass er auf so einen unglaublichen Betrug reingefallen ist. Ich nicht! Ich sehe nämlich überall in der Türkei tausende von diesen Hochhäusern, die wie Skelette in der Landschaft herumstehen. Wie bestellt und nicht abgeholt … ich meine, wie hingestellt und nicht ausgebaut. Unglaublich aber wahr: Überall in diesen halbfertigen Rohbauten wird gewohnt – und zwar mit Kind und Kegel! Einige Wohnungen haben schon Fenster, aber keine Türen, andere haben weder Türen noch Fenster, aber dafür riesige Satellitenschüsseln. Nedims Wohnung hat von alledem nichts! Von der 1-Euro-Miete, die er im letzten Jahr kassiert hat, konnte er sich gerade mal eine Klotür leisten. Das nenne ich eine gelungene und sinnvolle Investition. Und in diesem Jahr hofft er – unter anderem auch mit meinem Geld – eine richtige Wohnungstür mit Griff und Schloss kaufen zu können. Das ist auch der Grund, warum immer irgendjemand bei dieser brütenden Hitze schwitzend und gelangweilt auf dieser Baustelle Wache schieben muss, während alle anderen im kühlen Nass am Strand planschen dürfen. Obwohl es hier weit und breit nichts zu klauen gibt, außer unseren Klamotten.

Glücklicherweise haben die Nachbarn auch keine Wohnungstür, denn so können wir uns ganz locker unterhalten, ohne vor die Tür treten zu müssen.

»Ganz schön heiß heute, Nachbar, oder? Wie heißen Sie denn, ich bin der Mustafa«, ruft der Mann mit dem Stoppelbart von gegenüber zu mir rüber.

»Ja, schrecklich heiß, ich heiße Osman«, rufe ich zurück.

»Und so wie Sie aussehen, kommen Sie auch aus Deutschland, nicht wahr?«, fragt er.

»Ja!«

»Ich kann mir nicht mal die Namen merken, so oft wechseln die Leute in Ihrer Wohnung«, brüllt der Mann weiter.

»Das liegt daran, dass mein Arbeitskollege Nedim sehr großzügig ist. Er verlangt für diese tolle Pension nur 1 Euro Miete pro Tag!«

»Ich weiß, das hat Nedim mir schon letztes Jahr erzählt. ›1-Euro-Job‹ nennt er das. So was soll in Deutschland jetzt ganz modern sein«, lacht er sich kaputt.

»Was meinen Sie denn jetzt mit ›1-Euro-Job‹?«, frage ich völlig verwirrt.

»Nedim hat doch Angst, dass seine gesamte Sippschaft aus dem Osten sich mit 30 Leuten für immer in seiner Wohnung einnistet, wenn er weg ist. Deswegen lässt er seine Arbeitskollegen aus Deutschland einen nach dem anderen hier Wache schieben und kassiert von denen auch noch Geld dafür.«

Das habe ich gern! Meine wahre Funktion hier ist also Nedims Wohnung gegen kinderreiche Horden aus dem Osten zu verteidigen!

Aber damit nicht genug, ich muss nicht nur gegen ungebetene Gäste aus dem Osten Wache schieben, sondern auch gegen schwarze Fliegen und Mücken, was wirklich sehr schwierig ist, weil wir, wie gesagt, in diesem Loch weder Fenster noch Türen haben. Die schwarzen Fliegen machen mir doch sehr zu schaffen. Gegen die Mücken bin ich am Ende allerdings immer der Sieger. Wenn sie mich erst mal mehrere Male gestochen und sich mit meinem Blut richtig vollgesaugt haben, werden sie dick und fett wie Maradona und verlieren ihre Beweglichkeit. Die kahlen Wände sind übersät mit Mücken- und Blutflecken. Noch zwei Tage länger und es wird so aussehen, als hätten wir alle Wände mit roter Farbe gestrichen. Eigentlich braucht Nedim sich wegen seiner gierigen Verwandtschaft aus dem Osten keine Sorgen zu machen. Bei dieser Mückenplage würden sie nach drei Tagen freiwillig abhauen. Ich muss aber hierbleiben!

Mitten in meinem blutigen Kampf sehe ich plötzlich zwei Leute vor der Tür stehen … ich meine, im Hausflur stehen. Nicht nur die Mücken und Fliegen haben es leicht, hier reinzukommen, sondern auch die Bettler. Ein sehr armselig aussehender, dünner Mann mit völlig zerlumpten Kleidern und ein noch armseligeres kleines Mädchen schauen mich mit riesengroßen Augen an und halten zitternd die Hände auf.

Ich muss sagen, sogar die Bettler in der Türkei haben im Zuge der EU-Richtlinien echte Fortschritte gemacht. Früher bettelten sie vor Moscheen oder auf dem Basar, aber jetzt geht der Sörvis so weit, dass sie einen sogar im fünften Stock besuchen.

»Allah beschütze Sie, mein Herr, können Sie mir etwas Geld geben?«, fragt der Mann leise.

»Es tut mir leid, ich hab kein Geld«, sage ich.

»Geben Sie mir wenigstens ein paar Cent für meine arme hungrige Tochter«, stottert er.

»Tut mir leid, ich hab wirklich nichts; nicht mal für mich! Meine Frau hat sicherheitshalber das ganze Geld mitgenommen.«

»Mein Herr, geben Sie uns wenigstens etwas zu essen.«

»Hab ich auch nicht. Der Schrank ist völlig leer. Wir sind nämlich erst vor ein paar Stunden angekommen.«

»Mein Herr, bitte, bitte, für meine kleine Tochter etwas zu essen.«

»Kommen Sie rein, gucken Sie doch selber. Wir haben in der Küche nichts zu essen. Wir haben nicht mal eine Küche. Hier ist nichts, ich bin selber am Verhungern.«

»Mein Herr, haben Sie denn nicht mal ein bisschen Schokolade oder eine Kiwi?«

»Nein, nichts, gar nichts! Sie können höchstens an der Fliegenklatsche lutschen.«

»Mein gütiger Herr, wenigstens einen kleinen Apfel für meine hungrige kleine Tochter.«

»Ich fang langsam an, mich zu wiederholen. Ich hab nichts im Haus, nicht mal einen Apfel.«

»Na gut, dann geben Sie uns wenigstens ein Glas Wasser aus dem Kühlschrank, wir sind am Verdursten.«

»Was für einen Kühlschrank? So einen Luxus haben wir hier nicht! Kommen Sie in 5 Jahren wieder. Dieses Jahr will Nedim nur eine Wohnungstür kaufen.«

»Also gut, dann geben Sie uns wenigstens Leitungswasser, Sie Geizhals, Sie!«

»Tolle Idee, geht aber auch nicht. Das Wasser ist wegen irgendeinem Rohrbruch unten im Keller abgestellt und der Hausmeister kommt erst nächste Woche.«

»Das kann doch nicht wahr sein! Sie haben wirklich überhaupt nichts?«, ruft er schockiert und schaut verzweifelt nach rechts und links.

»Sagte ich Ihnen doch bereits!«

»Aber was machen Sie dann hier? Was ist das denn für ein elendes Leben?«, fragt er mich mitleidig.

Das kleine Mädchen wischt sich eine Träne aus den Augen und holt ein Börek aus ihrer Plastiktüte heraus und überreicht es mir:

»Es ist mit Schafskäse gefüllt«, sagt sie, »lassen Sie es sich schmecken, Sie armer Mensch.«

Bei Allah, sogar die Bettler in der Türkei bedauern mich.

»Mann, Ihnen geht's ja noch mieser als uns«, schimpft der Mann.

»Ja, leider«, murmele ich schuldbewusst.

»Ach, kommen Sie, lassen Sie uns doch zusammen betteln«, schlägt er mir vor.

Angesichts der Tatsache, dass Eminanim und die Kinder erst dann wieder zurückkommen, wenn die Sonne untergegangen ist und alle Geschäfte geschlossen sind, willige ich ein.

»Hoffentlich sieht meine Frau nicht, dass ich betteln gehe. Sie würde mir das nie erlauben«, sage ich, während wir Hand in Hand vorsichtig die unsicheren Betontreppen runterklettern.

»Machen Sie sich keine Sorgen, meine Frau weiß auch nichts davon«, macht mir mein neuer Arbeitskollege Mut.

»Meine Eltern haben von meinem Nebenjob auch keine Ahnung«, lacht das kleine Mädchen das erste Mal.

»Das ist ja prima, wenn kein Mensch davon weiß, dann brauchen wir unseren Verdienst nicht mal dem Finanzamt zu melden«, sage ich.

Bei dem Wort »Finanzamt« lande ich bei meinen neuen Arbeitskollegen den Witz des Tages! Die lachen sich kaputt!

TIL
DAFÜR IST DIE
NACHSAISON
AUCH BILLIGER.

Ei spiik Deutsch

In unserer tollen Schnäppchen-Wohnung haben wir es nicht mal drei der geplanten zehn Tage ausgehalten. Deshalb haben wir beschlossen, auf den Strandurlaub zu verzichten und stattdessen einen Städteurlaub zu machen.

Ich schlendere also in Istanbul gutgelaunt und nichtsahnend über den riesigen Basar, als ich plötzlich aus heiterem Himmel gekidnappt werde.

»Very very gut, very very billih«, brüllt mir jemand ins Ohr und reißt mir fast den rechten Arm ab.

»Ei em very schön Jacket«, schreit sein Konkurrent und zieht an meinem linken Arm.

Der Kidnäpper am rechten Ärmel bekommt Verstärkung. Ein riesiger Bär von einem Verkäufer schleift mich gemeinsam mit seinem Chef in einen Laden. Nein, nein, keine Angst, die wollen mich nicht ausrauben – jedenfalls nicht illegal!

Die beiden Basarverkäufer zerren mich in ihr Geschäft, um mir irgendetwas zu verkaufen.

»Echt Leder«, ruft der Chef und zeigt mir eine schwarze Jacke. »Echt Leder, only feif handret for mai Frends.«

»Hey, Boss, du schreckst ihn ja ab«, sagt der Riesentürke, »verlang doch nicht gleich das Doppelte.«

»Das macht nichts«, sagt der Boß, »diese Deutschen haben Geld wie Heu. Runtergehen mit dem Preis kann ich ja immer noch.«

Ich glaube, ich werde doch ausgeraubt!

Aus Angst, von Rechtsradikalen als Ausländer erkannt zu werden, hatte ich mir in Deutschland die Haare blond gefärbt und den Schnurrbart abrasiert. Das machen doch jetzt alle. Das ist große Mode in Deutschland. Mein Nachbar Hasan Öztürk hat sogar seinen Namen geändert. Er nennt sich jetzt Hans Echtdeutsch.

»Ei spiik deutsch«, sagt der Gängster, »echt Leder, echt Leder, sehr billih, sehr billih!«

»Ich brauche keine Jacke, ich will nichts kaufen«, sage ich laut, und zwar auf Türkisch. Aber die beiden Geschäftsleute sind sich todsicher, dass sie einen deutschen Touristen geschnappt haben, und nehmen mein Türkisch gar nicht wahr.

Mit einem Mal gefalle ich mir in der Rolle des deutschen Touristen. Ich kann unbemerkt mitbekommen, was die beiden Basarhändler im Schilde führen. A la Wallraff kann ich die Touristenfeindlichkeit Istanbuler Basarverkäufer bloßstellen. Osman Wallraff ganz oben!

Ich will den beiden etwas Mut machen und sage auf Deutsch:

»Schön Jacket, schön Jacket, bjutiful.«

Die beiden sehen sich mit dem typischen »unser-heutiger-Gewinn-ist-garantiert-Blick« an. Diesen Blick kenne ich nur zu gut. Den hat meine Frau auch immer drauf, wenn sie mir eine größere Menge Geld abgeknöpft hat.

»Der Vogel ist im Käfig«, ruft der Boss freudig, »das Geschäft ist sicher. Der Kerl zahlt jeden Preis, siehst du nicht, wie doof er aussieht.«

»Schön Jacket, schön Istanbul, schön Türkei«, gebe ich das Kompliment zurück.

Der Riesenkerl holt mir sofort einen Stuhl.

»Besorg noch schnell einen Tee«, ruft der Boss, »wenn er mir diese Jacke für 500 Euro abkauft, dann gönne ich ihm diesen Tee sogar. Das Plastikjäckchen ist nicht mal 50 Euro wert.«

»Schön Jacket, schön Istanbul, schön Türkei«, wiederhole ich vor mich hin.

Dadurch ermuntert, holt er noch eine Plastikjacke aus dem Schrank.

»Echt Leder, very very schön Jacket, seven handret Euro.«

»Ooo, very very gut«, schreie ich begeistert auf Deutsch.

»Der Kerl hat überhaupt keine Chance«, ruft der Gauner freudig, »den presse ich heute aus wie eine Zitrone. Dem sauge ich das ganze Geld ab. Ruf doch mal die Ayla von oben runter.«

Dann holt er aus dem Regal drei Teppiche und vier Statuen aus Gips:

»Very very old Teppich, very very old Stein, very very billih only for gut Frend.«

»Osmanisches Reich?«, frage ich gekonnt überrascht.

»Noch very very old«, sagt er, »Bizanz, Römer, Assyrer, Neanderthaler. Billih, billih, tri handret Euro.«

Dann fragt er seinen Kumpanen:

»Hast du auch bei allen Gipsköpfen den Schriftzug ›Mäyd in Chaina‹ abgekratzt?«

»Ja«, sagt der andere, »aber bei den Figuren aus Taiwan ging das viel einfacher.«

»Egal, die aus China sind billiger. Die kosten nicht mal 2 Euro.«

Ich überlege die ganze Zeit, was ich in diesem Jahr für meinen Meister von Halle 4 als Geschenk aus der Türkei mitbringen soll? Im Laufe der Zeit habe ich dem Herrn Viehtreiber schon fast alles Orientalische geschenkt: Teppiche, Tücher, Samowar, Raki, Silber, Gold, Wasserpfeife.

In der Zwischenzeit sind ein Frisör und ein Straßenverkäufer in den Laden gekommen.

»Ich hole auch mal meine Sachen rein«, schreit der Straßenverkäufer hoffnungsvoll, »vielleicht kann ich dem Idioten ja auch was andrehen.«

Und der Frisör holt Kamm, Schere und Spiegel, um mir die Haare zu schneiden. In dem Moment kommt durch die Hintertür eine gut gebaute Bauchtänzerin in den Laden hinein.

»Komm, Ayla, zeig mal, was du kannst«, sagt der Geschäftsinhaber, »wenn du ihn dazu kriegst, viele Sachen zu kaufen, dann bekommst du auch deinen Anteil ab.«

Der große Helfer drückt auf den Kassettenrekorder und eine orientalische Bauchtanzmusik erfüllt den Raum oder besser gesagt den ganzen Basar. In ihrem knappen Bauchtanzkleidchen verdreht Ayla die Augen, kurvt scharf um mich herum, während sie mit Busen und Hintern wackelt. Dabei versucht der Straßenverkäufer mir seine Wertgegenstände anzudrehen, bestehend aus Feuerzeugen, Postkarten, Batterien, Taschenlampen, Gürteln und Sonnenbrillen. Währenddessen seift der Frisör auch noch mein Gesicht ein, um mich zu rasieren; dass ich mich vor zwei Stunden rasiert habe, macht ihm nichts aus. Und ich versuche bei diesem Durcheinander tapfer meinen Tee zu trinken.

»Very very old Stein, ei lav deutsch, for Frend only tu handret«, schreit der Gauner dazwischen und versucht mir seinen 2 Euro teuren Gipskopf aus China als altrömische Statue anzudrehen, aus Liebe zu den Deutschen für nur lächerliche 200 Euro.

Ich kann mich kaum noch auf dem Stuhl festhalten, weil

ich mit Ayla zusammen tanzen will. Aber ich darf es nicht! Erstens weil ich ein steifer Deutscher bin, zweitens wegen der Rasierklinge an meinem Hals.

Der Obergauner ärgert sich, dass er mir immer noch nichts andrehen konnte, und flucht deshalb richtig sauer:

»Dieser Idiot hat ja nur noch Augen für die Ayla, als hätte er noch nie eine nackte Frau gesehen. Der guckt unsere Sachen nicht mal mehr an!«

»Geh doch mal mit den Preisen runter, vielleicht kauft er ja dann«, sagt ihm sein großer Helfer.

»Ei lav deutsch«, sagt der Boss freundlich lächelnd, »echt Leder Jacket tri handret, old Römerkopf wan handret Euro.«

»Zu teuer, zu teuer«, rufe ich und stecke der Bauchtänzerin einen 10-Euro-Schein in den Büstenhalter.

»Ich glaube, der Idiot treibt mich noch in den Wahnsinn«, heult der Boss und dreht sich dann wieder freundlich zu mir:

»Echt Leder Jacket tu handret, old Stein fifti Euro.«

»Zu teuer, zu teuer«, rufe ich und stecke der Bauchtänzerin diesmal einen 20-Euro-Schein zu.

»Einen Deutschen, der so gut handeln kann, habe ich noch nie gesehen«, jammert der Boss.

Meine Gefühle gehen mit mir durch, ich kann mich nicht mehr bremsen. Ich springe auf und tanze mit Ayla zusammen.

»Istanbul schön, Türkei schön, Ayla schön, Bauchtanz bjutiful«, brülle ich lauter als der Kassettenrekorder.

Auf einmal, wie immer im ungünstigsten Augenblick, kommt meine kleine Tochter Hatice herein:

»Papa, Papa, wo steckst du denn die ganze Zeit? Wir suchen dich schon überall«, ruft sie durch den Laden. Und ausnahmsweise mal mit so einem akzentfreien Türkisch, wie ich es noch nie von ihr gehört habe.

Alle im Laden sind geschockt!

Die Gipsköpfe zerplatzen auf dem Boden, der Kassettenrekorder gibt seinen Geist auf und die Bauchtänzerin fällt auf ihren Hintern.

»Echt Leder Jacket feif handret«, stöhnt der Obergauner völlig durcheinander.

»Ei tenk yu, ei tenk yu, very gut! Ich kaufe es«, rufe ich.

»Was? Sie wollen die Jacke trotz allem noch haben?«, fragt der Chef mich diesmal auf Türkisch.

»Nein, nein, nicht für die Jacke«, sage ich. »Ich habe meinem Meister fast alles Orientalische schon geschenkt, diesmal bringe ich ihm wirklich was Originelles mit: Ich kaufe dieses Bauchtanzkleidchen!«

Goldraub am Goldenen Horn

Die zweitgrößte Nervensäge des Mittleren Orients hat mich endgültig ruiniert! Sie hat mich in Istanbul zu einem Juwelier geschleppt und mich gezwungen fünf dicke, goldene Armreifen zu kaufen. Alles für sie alleine natürlich. Ich brauche keine goldenen Armreifen. Ich bin schon froh und überaus glücklich, wenn die Reifen von meinem Ford-Transit noch einigermaßen fahrtüchtig sind. Diese Golddinger sind sogar teurer als mein ganzer Ford-Transit selber. Selbst der Juwelier sieht sich gezwungen, uns zu warnen:

»Passen Sie gut auf, meine Dame«, sagt er, »in Istanbul sind in letzter Zeit viele Frauen am helllichten Tag auf offener Straße ausgeraubt worden. Die hinterhältigen Gängster haben es besonders auf wertvolle Armreifen abgesehen. Wegen dieser fünf sehr schönen und kostbaren Stücke würden Ihnen die Gauner, ohne mit der Wimper zu zucken, beide Arme abreißen!«

»Eminanim, hör auf den Mann: Trag doch lieber alles an einem Arm, damit du wenigstens einen von deinen Armen retten kannst«, scherze ich, um meine entsetzte Frau zu beruhigen.

»Das nützt nichts! Diese schamlosen Diebe würden Ihrer Frau trotzdem beide Arme abreißen, damit sie sich mit dem anderen Arm nicht wehren kann«, besteht der Juwelier immer noch auf seiner brutalen Theorie.

»Was meinen Sie, warum ich überall meinen starken Mann Osman mitnehme«, sagt Eminanim.

»Der alte Knochen mit seinem dicken Bauch würde diesen gerissenen Dieben nur ein müdes Lächeln entlocken. Unsere flinken Gauner sind echte Profis«, ruft er fast stolz.

»Also Eminanim, mussten wir die Dinger unbedingt in diesem komischen Laden kaufen? Es hätte noch genügend andere Juweliere in Istanbul gegeben, die wie Geier drauf warten, mir das Geld aus der Tasche zu ziehen!«

»Oh, Verzeihung, mein Herr, das war nicht persönlich gemeint. Ich wollte Sie nur darauf aufmerksam machen, dass diese brutalen Verbrecher so viele hinterhältige Tricks auf Lager haben, dass ein anständiger, normaler Bürger kaum eine Chance gegen sie hat. Und ein ahnungsloser Deutschling mit so einer dicken Wampe wie Sie schon gar nicht!«

»Also Eminanim, ich weiß wirklich nicht, warum dieser armselige Armleuchter den armen Frauen diese völlig unnötigen Armreifen andreht, wenn er sie damit den brutalen Armabreißern in die Arme treibt und die armen Ehemänner dadurch auch noch richtig arm macht?«

»Osman, das waren für meinen Geschmack zu viele Arme auf einen Haufen, lass uns lieber Arm im Arm abhauen.«

Kaum sind wir aus dem Basar raus, spielt Eminanim plötzlich die Fremdenführerin.

»Das, was Sie hier sehen, meine Damen und Herren, das ist das berühmte Goldene Horn«, ruft sie so laut sie kann, »und das hier…«

»Eminanim, du kannst ruhig deinen ausgestreckten Arm runternehmen. Ich weiß, dass du mir damit eigentlich nur dein Gold zeigen willst und nicht das von diesem Horn!«

Plötzlich packt ein wildfremder Mann Eminanim am Arm und brüllt vor allen Leuten:

»Frau, wie oft habe ich dir gesagt, du sollst nicht mit so vielen teuren goldenen Armreifen auf der Straße rumlaufen? Weißt du nicht, dass hier überall Verbrecher rumlauern? Mit diesem Gold wollen wir doch später mal unsere neuen vier Wände finanzieren!«

Eminanim ist völlig schockiert und kriegt keinen Ton heraus.

»Hey, Sie, lassen Sie meine Frau los! Sie täuschen sich, das ist nämlich meine Frau«, rufe ich und versuche das Missverständnis aufzuklären.

»Mischen Sie sich nicht ein, Sie Penner! Ich werde wohl wissen, wie meine Frau aussieht, schließlich sind wir seit 30 Jahren verheiratet«, schreit der Kerl und stülpt genau in dem Moment über Eminanims Arm mit den teuren Dingern eine alte Damenstrumpfhose.

»Schluss jetzt! Ich bin ihr Ehemann, ich kenne sogar ihren Mädchennamen. Ich weiß auch, wie viel Übergewicht sie hat«, brülle ich und versuche mit so viel Inseiderwissen als großer Kenner Eminanims dazustehen.

»Diese Dame hat doch kein Gramm Übergewicht, das sieht man doch! Fragen wir sie doch selber, wer ihr Ehemann ist«, ruft der fremde Kerl völlig unverschämt in die Menge.

»Sie, Sie, Sie«, stottert Eminanim völlig kreidebleich im Gesicht. Ich glaube, es war ein riesengroßer Fehler, mitten in Istanbul ihr Übergewicht zu erwähnen.

»Leute, ihr habt alle gehört, ich bin ihr Ehemann«, brüllt der Mann und zieht meiner Frau mit einem Ruck alle Armreifen herunter und sie landen sofort in dieser alten Strumpfhose. Das alles passiert wirklich binnen weniger Sekunden.

»Sie, Sie, Sie sind nicht mein Ehemann, Sie sind ein Dieb«, findet auch meine Frau endlich ihre Sprache wieder – aber verliert leider ihre goldenen Armreifen.

Der Dieb ist schon blitzschnell vor allen Augen um die Ecke geflitzt!

Eminanim plumpst wie ein Sack Kartoffeln auf den Boden. Ich halte sie fest und versuche sie zu trösten:

»Eminanim, mach dir keine Sorgen, der blöde Juwelier hat ja doch Unrecht gehabt: du hast ja nicht mal einen Arm verloren!«

Nordsee ist Mordsee

Sehr verehrte Leser, warum fahren die ganzen Menschen in den Urlaub, frage ich Sie?

Ich sag's Ihnen: Die einen wollen sich erholen, die anderen wollen fremde Länder sehen, dann gibt's wieder Leute, die fahren in den Urlaub, weil die Kinder Sommerferien oder Winterferien haben. Dann gibt's auch noch Menschen, die in den Urlaub fahren, weil ihre Nachbarn in den Urlaub gefahren sind und hübsche Karten geschickt haben, nicht wahr?

Nicht so aber bei meiner Frau Eminanim, sie will gerade dann in den Urlaub, wenn wir überhaupt kein Geld auf dem Konto haben. So wie jetzt schon wieder!

Sie kommt auch noch mit einer ganz billigen Ausrede:

»Osman, mein Schatz, lass uns doch die paar sonnigen Tage in Norddeutschland ausnutzen und uns eine schöne Zeit machen!«

»Frau, das kann doch nicht wahr sein«, rufe ich entsetzt, »wir haben noch nicht mal den Kredit für unseren letzten Türkei-Urlaub abbezahlt und du willst schon wieder Unsummen von Geld für eine neue Reise ausgeben!«

»Osman, ich will doch nicht für fünf Wochen in die Türkei fahren, sondern nur für drei lächerliche Tage die paar Kilometer bis zur Nordsee. Und das nicht mit dem Flugzeug, sondern mit unserem eigenen Ford-Transit. Und unnötig Geld für teure Hotels brauchen wir diesmal auch nicht auszugeben, denn mein guter, lieber Sohn Mehmet überlässt uns sein wunderschönes Zweipersonenzelt völlig kostenlos, nicht wahr Mehmet?«

Mein kommunistischer Sohn nickt gönnerhaft mit dem Kopf und ruft:

»Ja, mein schönes Zelt dürft ihr haben. Ich bin ja nicht so, schließlich seid ihr ja meine Eltern. Aber für die Luftmatratze muss ich euch natürlich schon was berechnen. Die ist ganz neu, die hab ich noch nicht mal ausgepackt.«

»Ich freue mich so, Osman! Das wird bestimmt ein toller Urlaub«, schwärmt Eminanim begeistert, »wir können unser Zelt wie die jungen Leute einfach dort aufschlagen, wo es gerade am schönsten ist. Ich freue mich schon riesig drauf, mich endlich mal ein paar Tage in der freien Natur so richtig zu erholen.«

»Aber was machen wir denn in der freien Natur, ganz besonders in der Dunkelheit mit den ganzen Horden von tollwütigen Hunden, die überall rumtoben, und diesen hinterhältigen Schlangen und anderen brutalen wilden Tieren?«

»Osman, wir fahren doch an die Nordsee und nicht an den Amazonas«, würgt sie unsere Diskussion über Sicherheit im Urlaub völlig verantwortungslos ab.

Ihr ist es natürlich vollkommen egal! Ich als Mann und Familienoberhaupt werde selbstverständlich immer sofort gerufen, wenn irgendwelche blutrünstigen Löwen und Krokodile oder ekelhafte Spinnen sich in unser Badezimmer verirrt haben.

»Außerdem bin ich kein zwölfjähriger Pfadfinder mehr! Ich brauch nachts mein gemütliches Wasserbett und meine warme Rheumadecke«, jammere ich, um der drohenden Schikane im letzten Moment doch noch zu entgehen.

»Siehst du, Osman, wenn sogar zwölfjährige Kinder sich vor tollwütigen Dinosauriern nicht fürchten, brauchst du auch keine Angst zu haben.«

»Eminanim, du brauchst es nicht sofort ins Lächerliche zu ziehen. Ich habe tollwütige Hunde gesagt und nicht tollwütige Dinosaurier.«

»Ich weiß, ich weiß. Aber das ist bei dir alles das Gleiche. Du hast ja sogar Schiss vor freilaufenden Hühnern. Osman, wenn ich gewusst hätte, was für ein Angsthase du bist, hätte ich dich nie geheiratet!«

»Also gut, Eminanim, wenn du es dir so sehr wünschst, dann fahren wir eben. Du wirst schon sehen, was du davon hast. Aber jammere mir hinterher nicht die Ohren voll!«

Unsere kleine Hatice vertrauen wir ihren älteren Geschwistern an, ihre älteren Geschwister vertrauen wir Allah an, uns selbst vertrauen wir unserem lieben Franz-Josef an, und den packen wir mit reichlich Proviant und Kämping-Utensilien bis oben hin voll, klettern rein und brettern los!

Nach knapp eineinhalb Stunden sind wir schon in Cuxhaven, wo sich die Nordsee angeblich befinden soll. Aber sie erweist sich, wider Erwarten, leider als sehr, sehr unhöflich und unfreundlich. Wir fahren von Bremen bis hierher, um zum ersten Mal die Nordsee zu besuchen, aber die blöde Zicke haut einfach ab! Die berühmte deutsche Gastfreundschaft lässt grüßen. So etwas ist mir am Mittelmeer oder der türkischen Ägäis noch nie passiert. Das Wasser dort ist tapfer und eisern und bleibt immer da, selbst wenn hundert Engländer gleichzeitig reinpinkeln.

»Komm, Eminanim, lass uns wieder zurückfahren. So eine Unverschämtheit lass ich mir nicht bieten«, schimpfe ich total enttäuscht.

»Ach, nehmen Sie es nicht so tragisch, mein Herr, es ist nicht gegen Sie persönlich gemeint«, tröstet mich einer von den bärtigen Einheimischen. »Das macht die dickköpfige Nordsee doch jeden Tag. Sie kommt und geht, wie es ihr passt. Das hier ist ein sehr launisches Wasser, müssen Sie wissen!«

»Eminanim, ich bleib hier nicht, das ist mir zu blöd«, rufe ich. »Stell dir mal vor, ich bin gerade gutgelaunt und nichtsahnend am Schwimmen, plötzlich verschwindet das Meer unter mir, und ich klatsche mit dem Gesicht vier Meter tief in den dreckigen Schlamm! Außerdem hab ich keine Lust, stundenlang auf Madam zu warten, bis sie sich endlich bequemt, hierherzukommen.«

»Osman, stell dich bitte nicht so an! Der Mann hat doch gesagt, dass die Nordsee das nicht extra gegen dich macht und dass sie irgendwann auch wieder zurückkommt. Lass uns doch hier am Strand ganz romantisch spazieren gehen und auf sie warten«, ruft sie fröhlich, zieht ihre Sandalen aus und hüpft wie ein junges Mädchen in dem ekelhaften Schlamm rum, den die Nordsee zur unserer Begrüßung dagelassen hat. Da bleibt mir natürlich auch nichts anderes übrig, als ebenfalls meine Sandalen abzustreifen, die guten, weißen Socken auszuziehen, die Sonntagshose hochzukrempeln und in dem dreckigen Schlamm hinter ihr her zu trotten. Was aber gar nicht mal so einfach ist, wie es aussieht, weil man in dem Matsch bei jedem Schritt knöcheltief einsinkt! Das Drinstecken ist noch nicht mal das Problem, aber jedes Mal den Fuß wieder rauszubekommen ist ganz schwierig – Schwimmen stelle ich mir schon wesentlich einfacher vor!

Meine Frau Eminanim scheint aber zu meiner großen Überraschung die geborene Watt-Hüpferin zu sein. Sie läuft so fröhlich und leichtfüßig über die matschige, braune Soße, als sei sie die süße kleine Heidi auf der saftig grünen Wiese auf den kitschig schönen Alpen. Und sie rennt immer schneller und schneller! Ich habe große Schwierigkeiten, ihr zu folgen. Aber um nicht schon wieder als Memme und ewiger Nichtskönner dazustehen, gebe ich mir richtig Mühe, den Abstand nicht noch größer werden zu lassen. Die Menschenmassen am Strand, die wir schon längst hinter uns gelassen haben, winken mit den Armen und rufen mir unverständliche Worte zu. Die versuchen mich offenbar aufzumuntern, meinen eigentlich hoffnungslosen Kampf fortzuführen, um endlich meine Frau da vorne zu erwischen. Aber sosehr ich mich auch anstrenge und abstrample, um Eminanim zu erreichen, sie entfernt sich immer mehr und mehr und wird am Horizont immer kleiner und kleiner und im Gegensatz dazu werde ich immer müder und müder. Plötzlich rutsche ich auf der schmierigen Masse aus und schlage mit dem Gesicht voll in die braune Soße.

Wer hätte das gedacht, ich bin bereits nach einer halben Stunde Nordsee-Urlaub doppelt so braun wie nach sechs Monaten Türkei-Urlaub! Na ja, immer alles positiv sehen: Diese Schlammbäder sollen ja angeblich sehr gesund sein. Nur für meine Klamotten ist das Ganze nicht so gesund, die sind total eingesaut!

Ich rapple mich wieder auf, um meiner Frau zu folgen. Wenn sie weiter so rennt, landet sie noch in der Ostsee! In diesem Moment werde ich von ihr brutal gerammt und lande erneut mit der Nase im Schlamm!

»Osman, du Idiot, was machst du denn noch hier«, brüllt sie panisch, »lauf sofort wieder so schnell wie du kannst an den Strand! Die Nordsee kommt zurück, rette sich, wer kann!«

»Eminanim, machst du etwa wegen des bisschen Wassers

so eine Panik, oder was? Die trübe Suppe geht mir gerade mal bis zum Knöchel! Aber lauf du nur weg und rette dein Leben. Ich bleibe hier und werde versuchen, das Wasser aufzuhalten.«

»Osman, spinn doch nicht rum, du Blödmann! Lauf schon, später hast du keine Chance und wirst hier jämmerlich ersaufen!«

So was lasse ich mir natürlich nicht zweimal sagen und spurte los. Obwohl ich so unglaublich müde bin, bin ich beim Zurücklaufen viel schneller als meine Frau.

Aber es hilft alles nichts! Diese feige Nordsee kommt ständig von hinten angeschlichen und versucht, mir ein Bein zu stellen. Plötzlich befinde ich mich in einem Graben, der tiefer ist als unser Dorfbrunnen, und werde unter meterhohen Wassermassen begraben. Es ist stockfinster! Ich versuche mich aufzurappeln und an die Wasseroberfläche zu kommen – aber keine Chance!

Weder meine Beine noch meine Arme machen mit.

Ich schlucke literweise ekliges Salzwasser. Was heißt hier Wasser, ich saufe den reinsten Schlamm. Dadurch werde ich noch dicker und schwerer, als ich ohnehin schon bin. Mit letzter Kraft versuche ich mich mit den Füßen vom Boden abzustoßen, um endlich nach oben zu treiben – aber es gibt keinen Boden mehr! Ich stecke in einem riesigen Loch mitten in der Nordsee! Ich kriege keine Luft mehr! Ich bekomme aber auch nicht diese klassische »Rückblende vor dem Sterben« geboten. Wie soll man auch ein 50-jähriges Leben in einen 50-Sekunden-Streifen reinpacken? Dieses berühmte gleißende Licht vor dem endgültigen Eintritt ins Jenseits bleibt mir genauso verwehrt. Wie soll auch bei dem meterdicken Schlamm über mir nur ein Fünkchen Sonne durchkommen? Leb wohl, Eminanim, lebt wohl, Kinder, leb wohl, meine geliebte Halle 4 …

Plötzlich packt mich jemand am Arm und ich höre die Stimme meine Frau:

»Osman, du bist wirklich unglaublich! Wenn man dich nur zwei Minuten aus den Augen lässt, dann schaffst du es sogar, in der Badewanne zu ersaufen! Los, halt dich an mir fest, du Schlappschwanz! Oder kannst du das auch nicht?«

Dann packen mich noch mehr Hände, stemmen mich hoch und werfen mich auf einen Hügel mit nassem Sand.

Eminanim trommelt wie eine Wilde auf meinem Brustkorb rum und brüllt verzweifelt:

»Jetzt komm endlich zu dir, Osman, jetzt komm endlich zu dir! Osman, sag doch endlich was! Mach den Mund auf!«

»Eminanim, ich sag dir nur eins: Lass uns bitte sofort nach Hause fahren! Diese blöde Nordsee und ich werden garantiert keine Freunde mehr!«

OH GOTT! DIE HERBSTFERIEN STEHEN VOR DER TÜR, UND ICH HAB' NOCH NIX GEBUCHT...

Schmach von Kreta

»So, meine Damen und Herren, was ihr jetzt seht, ist die schöne Insel Kreta«, ruft Eminanim begeistert.

Sie führt uns einen Film über Kreta vor, den sie in der Stadtbibliothek ausgeliehen hat. Das gehört zu ihren intensiven Urlaubsvorbereitungen, denen sie akribisch nachgeht, wenn wir irgendwohin reisen wollen. Und bald wollen wir nach Kreta, auf diese hübsche, kleine Insel im Mittelmeer, fliegen. Besser gesagt, Eminanim möchte, dass wir dahin fliegen, mir wäre es nicht mal im Traum eingefallen.

Unsere Arbeitsteilung für den Urlaub sieht so aus: Sie sucht die Länder aus, wo wir hinzufliegen haben. Sie wälzt die ganzen Kataloge und sucht die Hotels aus, in denen wir zu übernachten haben. Sie besorgt Filme und Reiseführer und bestimmt, welche Sehenswürdigkeiten wir besuchen müssen, und legt das Datum, die Dauer und die Besuchszeiten fest. Nein, nein, nicht für das Museum legt sie die Besuchszeiten fest, sondern nur für uns.

Nur bei dem Papierkram und der Bezahlung der Reisekosten werde ich gefragt. »Gefragt« ist natürlich etwas zu hoch gegriffen, sie informiert mich irgendwann nebenbei, wie viel ich zu bezahlen habe, bzw. zahlen muss!

Die meisten Frauen auf diesem Planeten sind überglücklich, wenn sie in der Lage sind, ihren Männern was Tolles kochen zu können. Wieder andere sind erst dann glücklich, wenn sie von ihren Männern in ein Restaurant ausgeführt werden und dort was Tolles spendiert bekommen. Meine Frau Eminanim kann offensichtlich nur dann Glück empfinden, wenn sie in einem wildfremden Land in einem sündhaft teuren Restaurant das Gepfeffertste von der Speisekarte bestellen kann. Mit Pfeffer ist nicht die Geschmacksrichtung gemeint.

Das hat höchstwahrscheinlich mit der Dauer der Ehe zu tun! Am Anfang war Eminanim auch sehr zufrieden und überglücklich, wenn sie sich in der Küche ausgetobt und was gebastelt hatte und ich mich nach dem Verzehr nicht sofort übergeben musste. Aber die Zeiten ändern sich, und somit auch die Menschen. Und am schnellsten ändern sich Ehefrauen. Das heißt zwar nicht, dass Eminanim mittlerweile gelernt hätte, was Tolles zu kochen, aber sie weiß inzwischen auch, wo es die teuersten Restaurants auf der ganzen Welt gibt.

»Eminanim, warum müssen wir uns denn jetzt auf nüchternen Magen diesen Film reinziehen, wo wir doch das alles in ein paar Wochen sowieso laif angucken müssen?«, versuche ich mich zaghaft zu wehren. »Außerdem macht man doch so was erst nach dem Urlaub und nicht vorher!«

»Also, Osman, du hast wirklich von nichts 'ne Ahnung! Nach dem Urlaub werden die Nachbarn und Freunde gezwungen, die Urlaubsdias anzuschauen, damit sie neidisch werden. Vor dem Urlaub informieren sich die Familienmitglieder, was für schöne Orte sie im Urlaub erwarten. So steht's jedenfalls im deutschen Reisegesetz geschrieben. Und du weißt, dass die Deutschen auf diesem Gebiet Weltmeister sind.«

»Meinst du, im Gesetzemachen?«

»Das auch. Aber jetzt geht es ums Reisen, genauer gesagt um Kreta. Und was Sie jetzt da sehen, meine Damen und Herren, ist eine schöne Festung auf der Insel. Die schauen wir uns am zweiten Tag unserer Reise von 12:45 Uhr bis 17:20 Uhr etwas ausführlicher an. Und drei Tage vor der Rückreise noch mal, von 9:10 Uhr bis 11:30 Uhr. Wenn es wider Erwarten wetterbedingte, zwingende Terminänderungen geben sollte, stehen die Ersatzbesuchszeiten auch schon fest, aber die möchte ich jetzt nicht unbedingt vortragen. Wenn unter euch jemand ist, der daran interessiert sein sollte, der kann sich nach dem Film selbstverständlich bei mir melden.«

Mehmet hebt natürlich sofort seinen Finger. War ja klar, der Schleimer!

Nach sechs Wochen gründlichster Vorbereitung fliegen wir endlich los. Eigentlich könnte ich mir diesen Urlaub sparen. Inzwischen kenne ich sogar jedes einzelne Bild von allen Museen in Kreta. Fast alle Bilder handeln davon, wie die tapferen Kreter viele Jahrhunderte lang ihre kleine Insel gegen die barbarischen Osmanen glorreich verteidigt haben. Dass meine Namensvettern sich früher aber auch kein besseres Hobby ausgedacht haben, als ständig diese arme, kleine Insel anzugreifen, finde ich mittlerweile richtig peinlich. Warum konnten sie denn nicht einfach dort sitzen bleiben, wo sie waren? Schließlich hatten sie doch ein schönes, warmes Land. Was ist denn an Kreta besser als an Marmaris, Bodrum oder Antalya?

Bei den barbarischen Wikingern habe ich schon eher Verständnis dafür. Die halb erfrorenen Horden aus dem hohen Norden haben ja jahrhundertelang nichts anderes versucht, als mit ihren Ruderbooten der Kälte zu entfliehen und irgendwie in wärmere Gegenden zu kommen. Damals sind die Norweger nämlich noch nicht auf die tolle Idee gekommen, ihr

Erdgas nach oben zu pumpen und ihre unwirtliche Felsenlandschaft in ein warmes, kuscheliges Zuhause zu verwandeln. Aber die alten Osmanen haben weder gefroren noch gehungert. Irgendwie wollten die immer nach Europa, warum weiß kein Mensch.

»Und weil ihr euch damals, vor einigen Jahrhunderten, als Besucher sehr unhöflich aufgeführt habt, gibt's heute extra für Türken einen Visumzwang. Ich darf Sie leider nicht reinlassen«, erklärt mir der Zollbeamte auf Kreta. »Das hätten Sie eigentlich wissen müssen!«

»Ich weiß sonst alles über Ihr Land«, platze ich, »Sie können mich fragen, was Sie wollen. Ich weiß wahrscheinlich sogar mehr als Sie. Was wollen Sie denn wissen, die Einwohnerzahl der Insel, die Zusammensetzung der Bevölkerung, die Geschichte der Insel, die Museen, die Restaurants, von welchem Felsen man ins Wasser springen kann? Alles können Sie mich fragen. Aber dass man als Türke ein Visum braucht, das hat mir meine Frau nicht beigebracht!«

»So ein Pech aber auch«, grinst der Grenzbeamte, »jetzt klettern Sie wieder schön in Ihr Flugzeug nach Bremen. Ich bin jedoch kein Unmensch. Hier haben Sie eine komplette Sammlung mit Dias von Kreta. Damit können Sie Ihre Nachbarn in Deutschland doch noch ganz schön quälen!«

Das verflixte Ramadanfest

Nun arbeite ich seit mehr als 30 Jahren in Deutschland, und zum ersten Mal fällt mein Jahresurlaub genau auf das Ramadanfest in der Türkei.

Am ersten Tag des Festes versammeln sich alle Verwandten beim ältesten Familienmitglied. Bei uns ist das mein Vater. Die Kinder küssen den älteren Verwandten die Hände und bekommen Geld geschenkt. Die Nachbarskinder laufen von Haus zu Haus, um Geld und Süßigkeiten zu kassieren, indem sie manchmal sogar wildfremden Leuten die Hände küssen.

Mein jüngster Neffe, der im Haus meines Vaters wohnt, macht sich diese Mühe nicht. Schließlich müssen alle Verwandten sowieso zu meinem Vater kommen, deshalb hockt er wie ein Geier zu Hause hinter dem Fenster und wartet auf seine Opfer. Und jeder Verwandte, der den Fehler begeht, das Haus meines Vaters zu betreten, wird von ihm erbarmungslos ausgeraubt.

Nach dem Festgebet in der Moschee gehe ich mit allen Familienmitgliedern nach Hause. Neidvoll betrachte ich meine Brüder und Onkels. Sie haben das Glück, jedes Jahr dieses schöne Fest in ihrer Heimatstadt zu feiern. Ich schaue die Menschen auf der Straße um uns herum an. Alle sind glücklich und zufrieden. Allah sei Dank, ich bin es endlich auch. Es ist mein erstes Ramadan-Fest in der Türkei nach mehr als 30 Jahren.

Auf unserem Weg kommen uns Scharen von Kindern entgegen. Ich habe mir jede Menge Kleingeld besorgt, damit ich möglichst allen Kindern eine Freude machen kann.

Während die Kinder meine Hände küssen und ich ihnen die kleinen Scheine zustecke, bemerke ich, dass ich alle meine Brüder und Onkels verloren habe. Ich stehe ganz alleine mitten auf der Straße. Aber da kommen sie auch schon einer nach dem anderen gegenüber aus dem Toilettenhaus. Onkel Ömer meint:

»Du, Osman, wir mussten mal dringend. Entschuldige bitte.«

Dann legt er den Arm um meine Schulter und sagt:

»Ach, Osman, komm doch für immer zurück in die Türkei. Du siehst doch selber, was für herrliche Sitten wir hier haben. Die gesamte Verwandtschaft kommt zum Vater, und alle Kinder küssen fremden Menschen die Hände. So etwas gibt's doch im kalten, unfreundlichen Deutschland überhaupt nicht!«

»Onkel Ömer, du hast ja so recht«, antworte ich voller Rührung mit Tränen in den Augen.

Auf der Straße kommt uns schon wieder ein ganzer Pulk Kinder entgegen. Alle in ihren schönsten Kleidern. Den niedlichen Kleinen gebe ich wieder viele kleine Geldscheine. Meine Verwandten sind schon wieder weg. Es ist ein schönes Gefühl, unschuldige Kinder glücklich machen zu dürfen. Als die Kinder fort sind, kommt Onkel Ömer mit den anderen aus einem Haus um die Ecke.

»Hier wohnt ein ganz naher Freund unserer Familie. Du kennst den Mann bestimmt nicht«, erklärt mir Onkel Ömer. »Wir sind kurz bei ihm gewesen, um ihm alles Gute zum Ramadanfest zu wünschen.«

Ich kann meine Tränen kaum noch unterdrücken. So eine durch und durch menschliche Atmosphäre. Ihr Deutschen, schaut euch auch mal diese Seite unserer Kultur an und nicht nur die Strände und die Ruinen. Bei euch gibt's doch nur diesen Tannenbaum. Schenkst du mir was, schenk ich dir was! Reine Berechnung. Nehmt uns Türken zum Vorbild!

Ich fasse meinen Onkel fest am Arm und sage entschlossen:

»Onkel Ömer, bald, sehr bald komme ich wieder zurück in die Türkei!«

In diesem Moment versammeln sich zahlreiche Kinder um uns herum. Selbstverständlich hole ich meine Geldbörse heraus. Und als die Kinder mir ein frohes Fest wünschen, da bin ich fast im siebten Himmel. Gleich darauf falle ich aber wie ein Kartoffelsack vom weichen Himmel auf den harten Boden.

Ich sehe, wie ein Kind am Arm meines Onkels zerrt, um ihm endlich die Hand küssen zu dürfen. Onkel Ömer stemmt aber mit aller Kraft seine Hände in die Taschen. Und der Junge versucht verbissen, die Hand da wieder rauszukriegen. Als noch zwei weitere Jungs dem Kind zu Hilfe eilen, dreht sich mein Onkel wie eine Windmühle wild um die eigene Achse und versucht, die Kinder abzuschütteln. Aber der Junge klammert sich mit beiden Händen am Arm von Onkel Ömer so doll fest, dass er mit durch die Gegend fliegt.

Mein Onkel flucht lauthals:

»Verdammt, Ahmet, warum hast du nicht gemerkt, wie die uns aufgelauert haben?! Du solltest doch aufpassen, du Idiot!«

Mein jüngerer Onkel Ahmet versucht ebenfalls verzweifelt, seine Hände frei zu bekommen, und schreit dabei:

»Ömer, ich weiß nicht, wie die das geschafft haben. Die müssen hinter der Mauer in Stellung gelegen haben.«

Plötzlich sehe ich, wie mein Onkel Ahmet, nachdem er die Kinder erfolgreich abgeschüttelt hat, blitzschnell in die nächste Straße einbiegt. Ich hätte nie gedacht, dass er mit seinem dicken Bauch so schnell rennen kann. Aber zwei der Kinder heften sich an seine Fersen. Der Junge, der sich am Arm von meinem Onkel Ömer verbissen festhält und sich die ganze Zeit mit ihm durch die Luft dreht, schimpft wild drauflos:

»Du Geizhals, dein Sohn hat doch von meinem Vater auch Geld bekommen. Dafür musst du mir auch was geben. Sonst lasse ich dich 40 Tage nicht los!«

Ich bin längst nicht mal mehr auf dem harten Boden, sondern bin vor Scham im Erdboden versunken. Onkel Ömer antwortet, ohne innezuhalten:

»Wie viel hat denn mein Sohn von deinem Vater bekommen, du Gauner?«

»Einen nagelneuen 1-Lira-Schein, du Centfuchser!«

»Wenn du meinen Arm loslässt, gebe ich dir die Hälfte, du elender Bandit!«

»Kommt nicht in Frage! Dann machen wir ja ein Verlustgeschäft, du fetter Geizhals!«

»Verflucht, eure Familie hat ein Kind mehr, ihr sammelt doch viel mehr Geld als wir. Ihr Wegelagerer, ihr!«, schreit mein Onkel.

»Das ist dein Problem, musst du eben mehr Kinder machen. Nix mit Pille und so!«

»Okäy, ich gebe dir 75 Kurus, bist du einverstanden, du Halunke?!«

»Das bringt nicht mal das Kapital wieder herein, du Geizkragen!«

»Seit wann kostet denn Handbeißen Kapital, du Halsabschneider?«

Das Kind dreht sich immer noch blitzschnell mit meinem Onkel auf der Straße. Ich habe Angst, dass es sich nicht mehr festhalten kann und an eine Hauswand klatscht!

Aber der Knabe ist für solche Fälle anscheinend sehr gut trainiert, denn er brüllt tapfer zurück:

»Eine ganze Lira, eher lasse ich dich nicht los. Gleich verlange ich auch noch Schmerzensgeld, du Kinderschänder!«

Vor lauter Drehen ist Onkel Ömer ganz schwindelig geworden, und er gibt mit schneeweißem Gesicht auf. Das menschliche Karussell hört auf, sich zu drehen.

»Lass mich endlich los, du Ratte! Du kriegst dein Geld …, aber in zehn Monatsraten.«

»Nein, in zwei! Wegen der horrenden Inflation!«

Als Onkel Ömer nach diesem Zwischenfall zu mir rüberguckt, tue ich es genauso wie die vornehmen englischen Lords: Ich schaue gen Himmel, so als hätte ich nichts gesehen oder gehört, und rufe:

»Der Himmel bei euch ist wirklich glasklar, lieber Onkel.«

»Ja, Osman«, schnauft er, »ich sage dir doch die ganze Zeit: Komm zurück in die Heimat. Ein so schönes und kinderfreundliches Land findest du nicht überall.«

Ohne nochmals überfallen zu werden, rennen wir in nur zehn Minuten quer durch die Olivenwälder zum Haus meines Onkels. Vor der Tür klingelt er zweimal kurz, einmal lang. Das ist wohl eine der Vorsichtsmaßnahmen gegen plötzliche Kinderüberfälle auf die Wohnung. Als die Tür dann immer noch nicht aufgeht, fängt er an zu brüllen.

Danach macht meine Tante Ülkü endlich die Tür auf:

»Ömer, den Trick mit der Klingel kennen die Kinder schon.

Alle haben zweimal kurz und einmal lang geschellt. Einige machten sogar deine Stimme nach und brüllten: ›Frau, öffne die Tür!‹«

Dieses Mal kann ich die Rolle des vornehmen englischen Lords beim besten Willen nicht mehr spielen.

Onkel Ömer sagt:

»Osman, du brauchst gar nicht so komisch zu gucken. Für dich mag das ja ein Mal in 30 Jahren lustig sein. Wenn man die Taschen wie du voller Euro hat, ist es ein Kinderspiel, beim Ramadanfest großzügig türkisches Geld zu verteilen. Aber bei uns langt es hinten und vorne nicht!«

Und meine Tante Ülkü ergänzt:

»Ja, mein Junge, jetzt weißt du, warum die Türken so viele Kinder machen. Nur, um die Nachbarn auszurauben.«

Imidsch-Schaden

Hierzulande denken doch alle Leute, dass die in Deutschland lebenden Türken ein sehr schlechtes Imidsch hätten und dass sie hier von der Bevölkerung sehr schlecht angesehen seien. Ich muss sagen, das stimmt nicht! Verglichen mit der Situation in der Türkei haben diese Menschen hier ein ganz tolles Ansehen. Ich würde sogar sagen, in Deutschland herrscht nahezu eine Heldenverehrung, ja wir werden regelrecht vergöttert!

Die Eingeborenen in Anatolien werfen uns Deutschlandtürken nämlich vor, auf dem Stand von vor 40 Jahren stehengeblieben zu sein. Wir seien heute genauso blöd, wie wir damals nach Deutschland gekommen sind. Und das sind die, die es noch gut mit uns meinen. Alle anderen werfen uns sogar vor, dass wir uns zusätzlich zu dem 40-Jahres-Stillstand nochmals 40 Jahre zurückentwickelt hätten. Nur unseren alljährlichen Besuchen in der Türkei hätten wir es zu verdanken, behaupten diese bösen Zungen Kleinasiens, dass wir noch nicht vollends in der Steinzeit gelandet sind.

Deshalb versuche ich jeden Sommer in der Türkei diesem schrecklichen Irrglauben kräftig entgegenzuwirken. Aber nicht dadurch, dass ich in unserem Dorf den protzigsten Wolkenkratzer aller Zeiten baue – denn das macht ja jeder Dönerbudenbesitzer aus Castrop-Rauxel und Gelsenkirchen –, sondern durch viele kleine, unscheinbare Schritte, die aber im Endeffekt einen nachhaltig positiven Eindruck hinterlassen. Wie zum Beispiel jetzt, als mich eine Polizeistreife anhält:

»Routinekontrolle, haben Sie Ihren Führerschein dabei?«, fragt einer der beiden Verkehrspolizisten.

»Aber natürlich, klar doch! Ich würde doch nie im Leben ohne Führerschein fahren«, sage ich.

»Und wie sieht's mit den Fahrzeugpapieren aus?«

»Hier, bitte schön. Ich habe auch immer eine Fotokopie dabei. Wenn Sie wollen, können Sie die Kopie behalten, ich habe davon noch mehr im Koffer.«

»Ihr TÜV ist hoffentlich nicht abgelaufen?«

»Wo denken Sie denn hin, Herr Kommissar. Drei Monate vor dem Ablauf hole ich mir immer einen neuen Stempel.«

»Machen Sie mal Ihren Kofferraum auf.«

»Hier bitte schön. Alles sauber und picobello und keine einzige Leiche.«

»Und das Reserverad?«

»Bitte überzeugen Sie sich. Erst kurz vor der Abreise habe ich es überprüft und ihm den vorgeschriebenen Reifendruck verpasst.«

»Wie sieht's mit dem Erste-Hilfe-Kasten aus?«

»Hier, Herr Kommissar. Ich kaufe jedes Jahr die neueste Version und schmeiße den alten sofort in den Müll. Ich will doch nicht riskieren, dass vielleicht das Verfallsdatum der Wundsalbe abläuft oder die Schere Rost ansetzt.«

»Mein Herr, haben Sie auch Sommerreifen drauf?«

»Aber selbstverständlich! Das fragen Sie noch? Kurz vor dem Urlaub hab ich noch das Beste vom Besten komplett mit neuen Alu-Felgen montieren lassen. Andernfalls würde sich der Franz-Josef strikt weigern, auch nur einen einzigen Schritt zu machen«, versuche ich die beiden angestrengt blickenden Herren ein wenig aufzuheitern.

»Wer ist denn Franz-Josef? Haben Sie etwa einen Deutschen unerlaubt in unser Land reingeschmuggelt?«

»Nein, nein, Franz-Josef ist mein lieber Ford-Transit hier. Wir beide geben uns süße Kosenamen. Er nennt mich Osi, ich nenne ihn Franz-Josef.«

Die beiden Verkehrspolizisten schauen sich verzweifelt an, entfernen sich ein paar Schritte und tuscheln:

»Mahmut, ich hab dir gleich gesagt, wir brauchen diese bekloppten Deutschlinge überhaupt nicht anzuhalten! Die sind alle so schrecklich pingelig. Alle haben einen Führerschein, sie sind immer angeschnallt, die ganzen Papiere sind ständig in Ordnung, nie fahren sie einen Kilometer mehr als erlaubt; das sind keine Menschen, das sind gottverdammte Roboter!«

»Kamil, lassen wir ihn doch mal pusten. Vielleicht haben wir ja Glück und er hat einen Schluck Wein getrunken. Dann kommen wir doch endlich zu unserem Geld.«

»Mahmut, mach dir da keine falschen Hoffnungen. Typen wie dieser hier setzen sich nie betrunken ans Steuer. Aber versuchen können wir's ja, mir fällt sonst auch nichts mehr ein!«

»Mein Herr, Sie scheinen uns nicht ganz normal zu sein«, sagt der Polizist Kamil zu mir, »pusten Sie mal kräftig hier rein. Wenn Sie sich weigern, müssen wir Sie leider mit zur Polizeiwache nehmen.«

»Aber Herr Kommissar, ich bitte Sie, was denken Sie denn vor mir? Immer her damit«, rufe ich gekonnt empört und puste so kräftig wie ein Walross.

»Siehst du, Mahmut, ich hab doch gesagt, es hat keinen

Sinn mit diesen dämlichen Deutschlingen. Ich werde diese Idioten nie wieder anhalten. Diese verdammten Streber können mir ein für alle Mal gestohlen bleiben! Die sind doch keine normalen Menschen … die sind … die sind … die sind in Deutschland zu Maschinen geworden.«

»Bei Allah, ich glaube, ich habe die Schneeketten vergessen«, brülle ich erschrocken.

»Wozu brauchen Sie denn bei dieser Affenhitze Schneeketten?«, fragt Mahmut sichtlich überrascht.

»Das fragen Sie noch? Schneeketten muss man heutzutage immer dabeihaben. Kein Mensch weiß, ob das Wetter nicht in fünf Minuten umschlägt! Außerdem, ohne Schneeketten kommen Sie nie über die Alpen.«

»Ja, wenn das so ist, kann ich dann mal die Schneeketten sehen, mein Herr?«, fragt Mahmut mit glänzenden Augen.

»Herr Kommissar, ich hab schon befürchtet, dass Sie danach fragen werden. Ich hab leider vergessen, die Schneeketten mitzunehmen.«

»Mein Herr, die Verkehrsregeln zu missachten ist in der Türkei strafrechtlich dem vorsätzlichen Mord gleichgestellt. In der Hinsicht sind wir schon viel weiter als die EU.«

»Herr Kommissar, wenn Sie doch bitte diesmal ein Auge zudrücken könnten. In Zukunft werde ich ohne Schneeketten ganz bestimmt nie wieder einen Fuß vor die Tür setzen.«

»Mein Herr, ich muss sagen, das wird jetzt leider sehr teuer für Sie!«

»Das kann ich mir denken, Herr Kommissar, das kann ich mir denken bei Ihrem Gehalt. Aber ich habe momentan leider nur 40 Euro dabei. Ich kann Ihnen lediglich je 20 Euro anbieten.«

»Also gut, geben Sie das Geld her und hauen Sie endlich

ab. Sie haben uns schon mehr als genug aufgehalten für das bisschen Geld.«

Total verschwitzt, aber überglücklich brause ich davon.

Sie denken vielleicht, ich habe unnötig 40 Euro bezahlt. Aber ich habe dafür gesorgt, dass wir Deutschlinge in der Türkei weiterhin Beachtung finden!

FINDEST DU NICHT, DU MACHST DICH VOR DEN EINHEIMISCHEN LÄCHERLICH, MIT DEINEN BOMMELN AM SOMBRERO?
TIL

Neulich im Strandcafé

Nachdem unser Kreta-Urlaub ja der totale Reinfall war, haben wir beschlossen, doch wieder in der guten alten Heimat unseren Sommerurlaub zu verbringen.

Die Bucht von Bodrum sieht wie eine Ansichtskarte aus. Das Meer ist spiegelglatt und liegt wie ein hellblauer Teppich vor mir. Es weht ein sehr angenehmes, laues Lüftchen. Ich setze mich in ein gemütliches Café an der Strandpromenade. Es ist um diese Zeit am Spätnachmittag schon ziemlich voll. Ich habe großes Glück, dass ich gerade die letzten drei freien Stühle direkt am Eingang ergattern kann. Meine Frau kauft mit unserer kleinen Tochter noch ein wenig ein und gleich kommen sie auch hierher. Sie will nur in der kleinen Boutique um die Ecke diese eine schicke Bluse anprobieren.

Ich bestelle mir schon mal einen schwarzen Tee. In der Türkei kann man im Café nur schwarzen Tee bestellen. Es gibt nicht wie in Deutschland 137 verschiedene Teesorten, wobei man schon verdurstet ist, bevor man die Getränkekarte zu Ende gelesen hat. Der größte Luxus, den man sich in einem türkischen Café erlauben darf, ist zu bestimmen, ob man seinen Tee hell oder dunkel haben möchte. In der Regel bekommt man am Ende doch den gleichen Tee wie alle anderen auch – wenn überhaupt. Öfters wird man auch einfach vom Kellner vergessen, wenn der Laden zu voll ist, so wie jetzt!

Ich bestelle noch mal. Der Kampf um Tee ist aber nicht

mein einziger Kampf, den ich hier tapfer ausfechten muss. Ich muss auch hartnäckig meine beiden leeren Stühle verteidigen.

»Entschuldigung, die sind leider schon besetzt«, sage ich.

Der Mann verzieht sich ohne ein Wort zu sagen, aber in seinen Augen kann ich lesen, dass er mir nicht viel Gutes wünscht. Eigentlich nur Schlechtes!

Im Grunde wünscht er mir die Pest an den Hals. Trotzdem kriegt er die beiden Stühle nicht – nicht mal einen! Die Pest ist doch längst ausgerottet, damit kann er mir keine Angst einjagen.

Gleich darauf bekommt die vierköpfige Familie am Nebentisch Besuch von einem jungen Paar. Der Mann dreht sich sofort fröhlich zu mir um, weil er glaubt, dass die zwei leeren Stühle die ganze Zeit nur auf die beiden gewartet hätten.

»Die brauchen Sie sicher nicht, nicht wahr?«, grinst er.

»Es tut mir leid, aber die sind schon besetzt«, sage ich, »meine Frau und meine Tochter müssen jeden Moment kommen.«

Tief enttäuscht wendet sich der junge Mann ab. Sein Bekannter gibt leise seinen Kommentar ab. Aber laut genug, damit ich ihn auch hören kann:

»Das erzählt er jedem, aber sitzt seit einer Stunde da wie ein Pascha alleine rum, als hätte er die beiden Stühle bezahlt!«

Nicht nur der Nachbartisch, sondern alle Tische ringsum schauen böse zu mir rüber und schütteln die Köpfe, wie man nur so eigensinnig und unhöflich sein kann. Aber was soll ich denn machen? Sonst würde mich doch meine Frau fertigmachen.

Plötzlich baut sich noch ein riesiger Kerl vor mir auf:

»Was dagegen, wenn ich die beiden Stühle mitnehme?«

»Es tut mir leid, die sind wirklich besetzt«, murmele ich.

»Die sind besetzt«, ruft er zu seinem Kumpel rüber.

»Womit denn?«, schreit der andere zurück.

»Der eine mit der Sonnenbrille und der andere mit der Zeitung!«

»Die hab ich doch nur so hingelegt«, kläre ich ihn auf, »meine Frau Eminanim und meine kleine Tochter Hatice müssen jeden Augenblick kommen. Ich warte schon die ganze Zeit!«

Ich erwähne bewusst die Namen, um meiner Aussage mehr Glaubwürdigkeit zu verleihen. Wer weiß schon, was diese Idioten über mich denken. Die halten mich bestimmt für einen großen Sadisten, der große Befriedigung darin findet, wenn er andere Leute im Café stehen lässt, um sich mit leeren Stühlen zu umgeben.

Ich muss zugeben, mittlerweile herrscht in dem Laden eine ziemlich negative Stimmung gegen mich. Nach nur einer Stunde hat sie richtig feindliche Ausmaße angenommen. Es wird ständig über mich getuschelt und gelästert und offen mit dem Finger auf mich gezeigt. Die Massen werden systematisch gegen mich aufgewiegelt! Und ich werde den Radikalen unter den jungen Burschen regelrecht als Zielscheibe angeboten. Ich hab schon immer gewusst, dass Eminanims zügellose Kaufgier mir irgendwann mal zum Verhängnis werden wird!

Das junge Paar, das immer noch einen Tisch weiter steht, macht totalen Zirkus und hüpft ständig demonstrativ mit viel Gehabe von einem Bein auf das andere und mustert mich dabei sehr geringschätzig. Ich schaue mir, ohne mit der Wimper zu zucken, das schöne Meer an und tue so naiv, als sei ich mir keiner Schuld bewusst. Aber ich werde immer mehr angefeindet. Das junge Paar gehört nämlich verwandtschaftlich zu der Familie am Nebentisch. Und ich stehe jetzt vor allen Leuten wie ein Verbrecher da! Als wenn ich diese glückliche Familie, die zum ersten Mal in ihrem Leben Zeit gefunden hat, zusammen in den Urlaub zu fahren, brutal auseinandergerissen hätte. In der Türkei ist die Familie heilig, müssen Sie wissen.

»Allah möge ihn bestrafen!«, zischt die junge Dame.

Ein neu hereinkommender Gast, der wegen meiner leeren Stühle sofort herüberkommt, wird auf der Stelle von ihr gestoppt:

»Das kannst du vergessen, Bruder! Er quält seit Stunden die ganzen Leute hier, rückt die Stühle aber nicht heraus. Er will die Plastikdinger wahrscheinlich in Essig und Öl einlegen, um im Winter was zu essen zu haben.«

»Hoffentlich bleiben sie ihm im Halse stecken, dem Mistkerl!«

Ich nehme einen sehr kräftigen Schluck von meinem Tee, um die eingelegten Stühle besser runterschlucken zu können.

Mittlerweile will ich die beiden Stühle eigentlich gar nicht mehr haben! Ich schäme mich sogar deswegen und würde sie sofort jedem geben, der sie haben will. Aber ich fürchte die Rache von mindestens zwanzig Leuten, denen ich in der letzten Stunde eine Absage erteilt habe. Die stehen alle irgendwo im Café rum und schicken ununterbrochen Giftpfeile in meine Richtung. Wenn ich die Stühle jetzt einfach so abgeben würde, dann würden sich diese Menschen ziemlich veralbert vorkommen – und das zu Recht! Abgesehen davon haben Eminanim und Hatice es überhaupt nicht verdient, dass ich unter Einsatz meines Lebens Stühle für sie reserviere!

Der Mob stachelt sich immer weiter gegenseitig auf, und alle Besucher des Cafés, inklusive der Besucher des Straßencafés gegenüber, starren mich mit total hasserfüllten Augen an. Die negative Stimmung ist nicht mehr zu überbieten! Vier

Muskelpakete stehen plötzlich energisch auf, um mich zu lynchen!

Bei Allah, was soll ich bloß machen? Die werden mich bestimmt huckepack ins tiefe Meer werfen, nachdem sie mich vorher fast zu Tode geprügelt haben! War ja auch klar, dass das stolze türkische Volk sich nicht ewig für dumm verkaufen lässt! Es ist doch allgemein bekannt, dass der Geduldsfaden der temperamentvollen jungen Türken sehr dünn ist. Ein Deutscher müsste sich wahrscheinlich im Café sechs Monate lang die Beine in den Bauch stehen, bevor er sich zu solch einer brutalen Tat hinreißen lassen würde! Diese Idioten hier halten es nicht mal zwei Stunden aus!

Obwohl ich mit meinem Leben bereits abgeschlossen habe, übermannt mich in der letzten Sekunde mein Selbsterhaltungstrieb: Bevor die brutalen Schläger mich packen können, springe ich hoch und schnappe mir eine ältere Dame, die gerade mit einem kleinen Kind ins Café kommt, und zerre sie an meinen Tisch.

»Kommt, kommt, hier sind eure Plätze«, schreie ich, so laut ich kann.

»Lassen Sie mich los, Sie Perverser, was wollen Sie von mir?«, brüllt die undankbare Frau plötzlich und versucht, sich loszureißen.

»Mama, woher kennst du diesen fremden Mann?«, fragen die brutalen Schläger, die auf dem Weg zu mir waren, um mich zu töten.

»Keine Ahnung! Ich kenne diesen Idioten überhaupt nicht«, brüllt die Frau laut und das kleine Mädchen knallt mir ihre Schuhspitze ganz schön hart gegen das Schienbein.

»Mein Herr, lassen Sie meine Mutter los. Sie verwechseln sie anscheinend«, sagt der junger Mann zu mir.

Bei Allah, jetzt sitze ich ja doppelt in der Tinte!

Mein Selbsterhaltungstrieb meldet sich aber erneut, diesmal mit Plan B:

Ich gucke ganz schnell besonders dämlich aus der Wäsche und stottere:

»Oh, sind Sie etwa nicht meine Frau? Sie sehen meiner Frau so ähnlich, die ich vor 2 Jahren bei einem Autounfall verloren habe.«

Plötzlich sind die Menschen in dem Café wie ausgewechselt! Wie gesagt, die Familie ist hier sehr wichtig und die Mitleidstour ist die beste Methode, sich in der Türkei beliebt zu machen.

Die jungen Burschen begleiten mich freundlich zu meinem Tisch zurück und fragen, was ich trinken will. Alle Menschen schauen mich auf einmal ein bisschen mitleidig, aber trotzdem sympathisch und lächelnd an. Der ganze blanke Hass ist in grenzenlose Liebe umgeschlagen.

Und genau in dem Moment kommt Eminanim durch die Tür rein!

Ich springe hoch, schnappe meine Frau am Arm und flüchte hinaus:

»Eminanim, in dieses Café dürfen wir nie mehr rein! Am besten kommen wir nie wieder nach Bodrum! Los, lauf! Lauf um mein Leben!«

Der Deutschling

Mehr als 30 Jahre lang habe ich mich in Deutschland beispielhaft um meine Integration bemüht. Und falls ich mal wieder in mein Heimatdorf zurückkehren sollte, müsste ich mich wohl oder übel die nächsten 30 Jahre lang in die Türkei zurückintegrieren. Was ist denn wohl die türkische Leitkultur?

In Urlaubsorten wie Bodrum, Antalya oder Marmaris ist es ja egal, da nimmt kein Mensch Notiz von mir, aber in unserem Dorf falle ich sofort auf und alle tuscheln über mich:

»Das ist er!«

»Wer?«

»Der Deutschling!«

Wenn ich nicht aufpasse, haut mich natürlich auch der Schuhputzer übers Ohr und verlangt den doppelten Preis. Kaum kehre ich ihm den Rücken zu, grinst er seinen Kollegen an und sagt:

»Der kann es verkraften, der Deutschling!«

Als wenn wir das Geld in Deutschland wie Oliven von den Bäumen gepflückt hätten. Dabei gibt es in Deutschland ganz wenige Olivenbäume und noch weniger Geldbäume. Dafür jede Menge Hartz IV.

Zu Hause in unserer Ferienwohnung schalte ich den Fernseher an. Wenigstens der macht keine Unterschiede zwischen mir und den Eingeborenen. Oder etwa doch? Das blöde Ding funktioniert plötzlich nicht mehr.

Ich werde wütend und schreie das Fernsehgerät an:

»Du verdammte Kiste! Ich durfte sogar in Deutschland jeden Tag zehn Stunden fernsehen. Du eingebildetes Mistvieh!«

»Der elektrische Strom im gesamten Wohnblock ist seit heute Morgen abgeschaltet«, klärt mich meine Frau Eminanim auf. »Hast du dich daran immer noch nicht gewöhnt? So was kommt hier doch ständig vor.«

»So 'n Pech aber auch, gerade heute«, fluche ich, »wo Werder Bremen doch gleich in der Chämpionsliig spielt. Und danach gibt es im ZDF anständige deutsche Volksmusik. Wozu hab ich denn diese ganzen teuren Fernsehschüsseln gekauft?«

Eminanim schaut mich vorwurfsvoll, aber auch etwas mitleidig an.

»Hast du etwa schon Heimweh, Osman? Wir sind doch erst knapp zwei Wochen in der Türkei.«

Ich weiß es selber nicht! Entweder habe ich wirklich schon nach zwei Wochen Heimweh nach Deutschland oder ich habe mich in all den Jahren in Deutschland so daran gewöhnt, Heimweh nach der Türkei zu haben, dass ich es jetzt immer noch habe, obwohl ich ja in der Türkei bin. Vielleicht habe ich aber auch wegen der vielen Süßspeisen nur Bauchweh und bilde mir ein, Heimweh zu haben.

»Du, Osman«, sagt meine Frau. (Ich freue mich riesig, mal nicht als ›Deutschling‹ angesprochen zu werden.) »Deine Tante meckert den ganzen Tag rum, dass unsere Töchter nicht ohne Kopftuch rumlaufen sollten. Die Nachbarn würden schon lästern. Wir seien hier ja schließlich nicht in Deutschland.«

»Meine liebe Tante hat doch recht«, sage ich, »ohne das Kopftuch würden die Mädels hier auf der Stelle einen dicken Sonnenstich bekommen! Was meinst du, warum ich die ganze Zeit mit dieser dämlichen Mütze rumlaufe?«

Vielleicht sollte ich mal duschen, um mir den ganzen Ärger und den ganzen Staub vom Körper zu waschen. Ich ziehe mich aus und stelle mich unter die Dusche. Ein fast tödlicher Schock durchzuckt mich. In diesem Land ist bei dieser Hitze alles am Kochen, nur das Wasser aus unserem Boiler ist so kalt, dass es mich wie ein Keulenschlag auf den Hinterkopf trifft.

»Die Gasleitungen sind kaputt«, klärt mich sogleich Eminanim auf. »Als ich mich heute beim Betreiber beschweren wollte, meinten die nur, wir sollten uns doch glücklich schätzen, überhaupt Wasser zu haben! Wir seien doch nicht in Deutschland!«

»Eminanim, ich wäre wirklich gespannt, was die Beamten wohl antworten würden, wenn sich zur Abwechslung auch mal die Einheimischen beschweren würden?«, frage ich aus dem Badezimmer mit klappernden Zähnen.

»Die beschweren sich nicht, die sind doch nicht blöd! Die wissen, dass dabei nichts herauskommt außer hohen Telefongebühren!«

Meine Frau schreit verzweifelt, als sie mich nach einer halben Stunde immer noch unter der eiskalten Dusche findet:

»Osman, komm doch da sofort raus! Willst du dir etwa eine Lungenentzündung holen, oder was? Ich sag dir, wenn du hier mal in einem Krankenhaus landen solltest, dann wirst du dir erst recht wünschen, in Deutschland zu sein«, brüllt sie und wirft mich aus dem Badezimmer.

»Die Kälte hat mich doch so schön an Bremen erinnert«, seufze ich.

»Mein Gott, stell dich doch nicht so an, wir sind doch nur zwei Flugstunden von Deutschland entfernt!«

»Aber tausend Stunden zu Fuß«, jammere ich.

Ich greife zum Telefonhörer, um meine Sorgen bei meinem Onkel Ömer loszuwerden.

»Friseursalon Nurten«, meldet sich eine nette Frauenstimme, »wollen Sie Dauerwelle, Färben oder einen einfachen Schnitt? Passt es Ihnen übermorgen, Freitag?«

»Ist mein Onkel Ömer da?«, frage ich etwas irritiert.

»Mein Herr, ich würde mich sehr wundern, wenn eine der Damen hier Ömer heißen sollte. Obwohl wir letztens eine sehr hübsche Dame namens Abdullah hier hatten. Sie kam als neunte Tochter zur Welt, die armen Eltern wollten aber endlich einen Sohn haben und haben sie deshalb schon vorzeitig Abdullah genannt.«

Ich lege auf und versuche noch mal, Onkel Ömer anzurufen.

»Die Jüngeren 100, die Älteren 80«, meldet sich diesmal wieder eine Frauenstimme. »Für eine ganze Nacht kostet es das Doppelte.«

»Hallo, ist mein Onkel Ömer da?«

»Es tut mir leid, mein Herr, wir arbeiten sehr diskret. Kommen Sie und überzeugen Sie sich. Wir geben grundsätzlich keine Namen von den Herren, die sich zurzeit in unserem Etablissmo befinden.«

»Es hat heute Morgen irgendwo in der Türkei geregnet«, sagt Eminanim. »Du weißt ja, wenn es hier ein paar Tropfen regnet, haben wir sofort eine mittlere Katastrophe. Hast du etwa vergessen, dass dann das Telefonnetz kaputt ist?«

»Und die ganzen Russen und Iraner bauen wie verrückt immer weiter teure Raketen. Obwohl sie dieses Land schon mit ein paar Wassertropfen an den Rand des Abgrunds treiben könnten.«

Am nächsten Tag beschließe ich, Selbsttherapie zu betreiben: Ich tue einfach so, als sei ich in Deutschland. Doch bald darauf fühle ich mich wie vom Esel geworfen und gebe die ganze Therapie wieder auf, bevor sie richtig angefangen hat: Ich höre nämlich meine Tochter Hatice vor der Tür gebrochen Türkisch reden, anstatt fließend Deutsch.

»Eminanim, weißt du, was ich mir gerade überlegt habe?«, rufe ich in Richtung Küche.

Meine Frau kommt mit einer saftigen, riesengroßen, dunkelroten Wassermelone herüber.

»Osman, schau dir doch mal diese herrliche Wassermelone an«, schmatzt sie und steckt sich noch eine dicke Scheibe des köstlichen Obstes in den Mund.

»Eminanim, mir ist eben ganz klar geworden, dass wir nach Bremen gehören – nach Karnickelweg 7b! Und wir haben Riesenglück, dass man diese saftigen Wassermelonen auch in Deutschland kaufen kann. Fünfmal so teuer wie hier – aber immerhin!«

Hans hat Hunger

Letztes Jahr war ich zur Ramadanzeit mit meinem Arbeitskollegen Hans, dem Staplerfahrer von Halle 4, in der Türkei. Ramadan ist der Fastenmonat der Moslems, der mit dem dreitägigen Zuckerfest endet. Während des vierwöchigen Ramadans darf der gläubige Moslem von Sonnenaufgang bis Sonnenuntergang nichts essen und trinken. Wenn es andersrum wäre, also wenn man von Sonnenuntergang bis Sonnenaufgang nichts essen dürfte, sozusagen während des Schlafens fasten würde, wäre das Ganze natürlich viel angenehmer – aber Gottes Wege sind unergründlich!

Hans hat von den »Tanzenden Derwischen« in Konya gehört, die wollte er unbedingt sehen. Vor unserem Road-Muvie-Urlaub vor ein paar Jahren hätte ich mir nicht träumen lassen, dass es so toll ist, mit Hans zusammen in der Türkei Urlaub zu machen. Aber durch ihn habe ich mein Heimatland erst richtig kennengelernt. In der Türkei gibt's nicht nur jede Menge Bäume, riesige Berge und lebende Kamele, sondern ringsherum sogar mehrere Meere, die bis obenhin voll mit Wasser sind – nicht so wie die unverschämte Nordsee in Deutschland. Und das finden die deutschen Touristen toll. Wenn ich wie die ganzen anderen Jahre mit meiner Frau Eminanim und den Kindern in die Türkei gefahren wäre, dann hätte ich vielleicht beim Hausbau meines Onkels oder bei der Gurkenernte auf dem Land meiner Großtante helfen müssen, anstatt Urlaub zu machen. Aus diesem Grunde schlage ich allen Türken dringend vor, wenn ihr in euren Ferien wirklich Urlaub in der Türkei machen wollt, dann fahrt mit Hans. Oder nehmt irgendeinen anderen Deutschen mit, das lohnt sich auf jeden Fall.

Denn deutsche Touristen haben noch viele andere Vorteile:

Erstens, sie sind pflegeleicht; es reicht, wenn man sie bei 30 Grad mit etwas Meerwasser wäscht. Zweitens, sie sind genügsam, sie freuen sich sogar darüber, wenn man ihnen nur alte Ruinen zum Fotografieren zeigt. Drittens, sie sind tapfer, klagen nicht über Sonnenbrand, ja sie sind sogar stolz drauf und zeigen es allen. Viertens, sie sind preisgünstig und inflationssicher, sie zahlen selber und mit Euro.

Nach drei Tagen Istanbul – ich kann seitdem keine Moscheen mehr sehen – sind Hans und ich mit dem Nachtbus nach Konya gefahren. Konya liegt mitten in Anatolien. Die Gegend ist dafür bekannt, dass dort sehr viele religiös-konservative Menschen leben. Die ganze Nacht während der Fahrt haben wir geschlafen, um den Ort ganz ausgeruht und frisch besuchen zu können. Am nächsten Tag kommen wir auch wirklich total fit in Konya an. So fit man halt mit einem leeren Magen sein kann. Nicht, dass wir etwa jetzt wegen Ramadan fasten wollten, nein, wir hatten nur nichts gegessen, weil wir die ganze Strecke im Bus fest geschlafen hatten.

»Du, Osman, ich habe so einen Riesenhunger, wo können wir hier frühstücken?«, fragt Hans. Unser Bärenhunger verführt uns dazu, anstelle der drehenden Derwische lieber drehende Dönerspieße zu suchen.

Einige Kilometer später sagt Hans total verzweifelt:

»Osman, die lokale Spezialität von Istanbul ist ja genauso wie die von Bremen der Döner, was ist denn die lokale Spezialität von Konya?«

»Der Hodca ist ohnmächtig!«

»Welcher Hodca denn? Ist der Mann vor Hitze oder vor Hunger ohnmächtig geworden?«, fragt er irritiert.

»Ach, nein, die Spezialität von Konya heißt so: Der Hodca ist ohnmächtig. Das sind gefüllte Auberginen«, erkläre ich ihm.

»Die Auberginen haben's hier aber gut. Die sind gefüllt, im Gegensatz zu mir«, schluchzt Hans.

»Selbst schuld«, sage ich. »Wenn du mitten im Ramadan nach Konya fährst, dann musst du damit rechnen, tagsüber zu hungern. Du gehst ja auch nicht während eines Pokalendspiels ins Fußballstadion, um dich mal so richtig ungestört auszuschlafen.«

Wir laufen nun schon seit drei Stunden durch Konya, aber wie erwartet, haben wir bisher kein Restaurant gefunden, das geöffnet hat. Hans zeigt mir einen alten Mann mit langem Bart, der uns entgegenkommt:

»Osman, frag den Opa doch mal. Der kaut die ganze Zeit auf irgendwas rum. Der kommt bestimmt direkt aus einem Restaurant.«

Ich nähere mich dem alten Herrn mit dem Rauschebart:

»Großer Bruder, wir sind fremd in der Stadt. Könnten Sie uns bitte den Weg zu dem versteckten Restaurant weisen, aus dem Sie gerade kommen?«

»La havle vela inna …«

»Komischer Name für ein Restaurant, und wie kommen wir dahin?«

»Sabir inna minine Seytaaaaaan«, murmelt er und läuft weiter.

»Du, Hans, der alte Mann hatte auch nichts zu kauen. Er hat nur die ganze Zeit vor sich hin gebetet.«

Der gute Hans läuft vor Hunger langsam grün an:

»Osman«, sagt er mit matter Stimme, »lass uns doch wenigstens eine Zeitung kaufen.«

»Nein, Hans, das mache ich nicht. Anschließend erzählst du in Bremen, ich hätte dir in der Türkei nur eine Zeitung zu essen gegeben.«

»Ich will sie nicht aufessen. Ich will nur wissen, warum in Konya die ganzen Restaurantbesitzer streiken.«

»Hans, ich glaube, deine grauen Zellen streiken. Ich hab doch gesagt, wir haben Ramadan und wir sind in Konya. Hier wird man sogar verprügelt, wenn man tagsüber auf offener Straße beim Essen erwischt wird!«

»In Istanbul habe ich doch auch immer was zu essen gekriegt, warum denn hier nicht?«, jammert er.

Er ist dem Weinen nahe. Inzwischen befinden wir uns in einer riesigen Menschenmenge.

»Osman, mir nach! Da vorne gibt's bestimmt was zu essen!«

Mit wackeligen Beinen versuche ich durch das Menschengewühl hinter ihm herzulaufen. Aber es gibt, wie ich vermutet hatte, nichts zu essen. Dafür haben wir endlich diese drehenden Derwische entdeckt, wegen denen wir eigentlich hierhergekommen sind.

»Osman, komm schnell«, ruft er. Bei Allah, ich glaube, er hat diese rotierenden Derwische mit dem drehenden Dönerspieß verwechselt!

»Osman, wenn ich nicht gleich was zwischen die Zähne kriege, dann drehe ich ab!«, brüllt mein armer Kumpel und dreht dann tatsächlich ab: Er fängt an, sich kunstvoll mit den tanzenden Derwischen zusammen durch die Luft zu schwingen. Das ist natürlich viel besser, als wenn er an denen rumknabbern würde.

»Hans, mein Lieber, was ist denn los mit dir? Sei tapfer, bald geht die Sonne unter«, rufe ich, um ihn zu trösten. Aber er hört mich nicht mehr.

Hans ist endgültig zu einem richtigen Moslem geworden. Er fastet seit Stunden und tanzt mit den Derwischen zusammen. Jetzt muss er nur noch beschnitten werden.

Mein Urlaub ist dadurch natürlich endgültig im Eimer. Ich habe meinen stubenreinen, pflegeleichten und genügsamen Deutschen verloren.

Jetzt bin ich doch gezwungen, meiner Großtante bei der Gurkenernte zu helfen.

Ich hasse Gurken!

Brügge, Venedig für Arme

Ich hasse Oll-Inklusiv-Hotels – insbesondere die in Brügge!

Diese neumodischen Hotels verlasse ich entweder mit zehn Kilo Übergewicht oder mit zehn Kilo Untergewicht. Na ja, in meinem Fall ist Untergewicht eine Definitionsfrage, sagen wir mal, ich wiege zehn Kilo weniger als vorher. Mit diesen Oll-Inklusiv-Hotels in der Türkei kenne ich mich besser aus: Da wird rund um die Uhr ununterbrochen gegessen und es ist alles im Preis schon inbegriffen. Morgens kann man drei Stunden frühstücken, kurz vor dem Mittagessen gibt es verschiedene Teigwaren, gefüllt mit Hackfleisch, Käse oder Spinat, und dann gibt's ja das Mittagsbüfett. Am Nachmittag werden alle möglichen Torten und Kuchen aufgefahren. Und dann ist schon wieder Abendessenszeit. Wenn man damit durch ist, kommen sie schon wieder mit Teigwaren, Torten und jeder Menge Kuchen. Wie gesagt, man kann 24 Stunden rund um die Uhr essen, bis man platzt! Und ich armer Kerl muss natürlich die ganze Zeit reinhauen! Warum auch nicht, schließlich hab ich das ja schon alles im Voraus bezahlt. In dem Zustand hab ich sogar einmal versucht zu schwimmen, weil meine Frau es so wollte, aber ich bin abgesoffen wie eine Bleiente!

Nach zwei Wochen Vollmast-Urlaub in Bodrum hab ich, wie gesagt, immer mindestens zehn Kilo Übergewicht.

Okäy, bis jetzt habe ich aber nur die positiven Seiten von Oll-Inklusiv-Hotels erzählt. Es gibt auch solche Hotels, wo das Essen völlig ungenießbar ist, solche erwische ich leider in letzter Zeit ständig. Es liegt wohl daran, dass ich nach tagelangem Suchen in den dicken Reisekatalogen logischerweise immer das billigste Hotel rausfische.

So wie in diesem Kurzurlaub in Brügge!

Brügge ist eine hübsche kleine Stadt in Belgien, ungefähr 15 Kilometer von der Nordsee entfernt, und wird auch das »Venedig des Nordens« genannt. Hat eine sehr schöne Altstadt und einen kilometerlangen Strand. Eminanim und ich haben uns gedacht, wenn wir uns schon das Original in Italien nicht leisten können, dann besuchen wir die erstklassige Fälschung im Nachbarland, so wie wir es mit allen Markenartikeln halten. Aber wir haben natürlich nicht ahnen können, dass das Essen auch eine glatte Fälschung ist. Die Verpflegung schmeckt so grauenhaft, dass kein einziger Hotelgast diesen Fraß runterwürgen möchte – mit Ausnahme von mir natürlich!

»Eminanim, ich esse das, es schmeckt doch gar nicht mal so schlecht«, versuche ich, mit gutem Beispiel voranzugehen, damit sie endlich aufhört, in teure Restaurants ausgeführt werden zu wollen, »denk daran, wir haben das alles schon bezahlt!«

»Das ist ja schön, dass es dir wenigstens so gut schmeckt, dann kannst du ja meinen Anteil auch essen! Ich suche mir ein anständiges Restaurant! Das hast du nun davon, dass du immer die billigste Absteige aussuchst – und tschüss!«

Nach zwei Tagen bin ich bereits so abgemagert, dass ich schon ansatzweise meine Füße wieder sehen kann. Ich bin mittlerweile so entkräftet, dass ich meiner Frau vorschlage, für die Stadtbesichtigung lieber eine Kutsche zu nehmen, als bei dieser Hitze rumzulaufen.

»Osman, eine Kutschenfahrt ist im Hotelpreis nicht inbegriffen, sollen wir das trotzdem wagen?«, bemerkt sie höhnisch. Sie hat natürlich gut lachen. Seit zwei Tagen haut sie sich ja im Gegensatz zu mir eine ordentliche Pizza nach der anderen rein.

Auf dem Marktplatz stehen die lustigen Kutschen wie Taxis hintereinander.

Eigentlich ist die Stadt ja so klein, dass man zu Fuß in 30 Minuten alles gesehen hat. Wahrscheinlich ist diese Kutschenfahrt für die ausgehungerten Hotelgäste gedacht, die völlig entkräftet sind. Was noch wahrscheinlicher ist: die Kutscher und Hotelköche stecken unter einer Decke!

Der alte Opa mit der Generalsuniform auf dem Kutschbock will wissen, welche Sprache wir verstehen.

»Türkisch«, sage ich, was aber in meinem lauten Magenknurren untergeht.

»Deutsch«, ruft meine Frau eifrig nach vorne.

Unser Kutscher knallt mit der Peitsche in die Luft und auf geht's!

Ganz gemütlich zuckeln wir durch die kleinen hübschen Sträßchen von Brügge. Und der General legt mit stolzgeschwellter Brust los:

»Unsere schöne Stadt Brügge, die von vielen, vielen Kanälen durchzogen ist, hat ihren mittelalterlichen Charakter Gott sei Dank bewahren können. In ihrer langen, ruhmreichen Geschichte ist unser hübsches Brügge leider sehr oft von den Habsburgern, Spaniern, Österreichern, Franzosen, Niederländern und Deutschen besetzt worden«, sagt er ziemlich sauer. »Aber sie haben uns nicht kleingekriegt! Wir haben diese Verbrecher alle immer wieder verjagt!«, ruft er und spuckt auf den Boden.

Ich bin heilfroh, dass die Türken vor Wien wieder zurückgeschickt worden sind, bevor sie Brügge erreichen konnten.

Dann gibt er uns ungefragt Beispiele von seiner wundervollen Muttersprache Flämisch, die in meinen Ohren aber ziemlich unmelodisch und mehr wie eine Halskrankheit klingen. Wir haben inzwischen mindestens 12 Kanäle überquert und Unmengen von Klöstern und Kirchen anschauen müssen. Irgendwo am Ende der Stadt hält er die Pferde plötzlich vor einer großen Staue an und verkündet mit stolzer Geste:

»Dieser tapfere Mann, den Sie hier sehen, hat uns von den verhassten Franzosen befreit, sonst müssten wir in Brügge heute noch Französisch anstatt Flämisch sprechen!«

»Oh, wie schade, da habt ihr aber Pech gehabt«, sage ich, »wenn sich dieser Kerl also nicht eingemischt hätte, dann hättet ihr mit dem Französischen nicht nur eine viel schönere und elegantere Sprache bekommen, sondern auch noch wirklich viel schöneres und besseres Essen! Jeden Tag nichts als Pommes ist doch grausam!«

»Diese Stadtrundfahrt ist hiermit beendet«, brüllt der General und schmeißt uns aus seiner Kutsche.

Kurz vor Einbruch der Dunkelheit haben wir unser Hotel endlich wiedergefunden und ich kann mich kaum noch auf den Beinen halten. Ich bleibe natürlich, unter den Vorwand, Fußball gucken zu müssen, wieder im Hotel, damit ich auswärts kein Geld fürs Essen verschwende. Eminanim ist unsere Urlaubskasse wie immer völlig egal.

»Ich mach doch nicht Urlaub, um zu verhungern«, sagt sie.

Und zwei Stunden später kommt sie total gutgelaunt, mit einem dicken Bauch und einem Zahnstocher zwischen den Zähnen wieder zurück:

»Ach, Osman, Urlaub ist doch was sehr Schönes«, schwärmt

sie, »man hat nichts zu tun, schönes Wetter jeden Tag und dann gibt es hier in Brügge so viele gute italienische und arabische Restaurants. Lass uns doch für immer hierbleiben!«

»Eminanim, ich habe heute Abend erneut sehr tapfer versucht, das Essen hier in unserem Hotel runterzuwürgen. Glaub mir, ich bin nicht zimperlich, so sehr ich mich auch bemüht habe, ich habe es nicht gepackt! Es war wie immer völlig ungenießbar! Die anderen Hotelgäste haben sich nicht mal blicken lassen, ich hab's wenigstens versucht! Aber jetzt bin ich am Verhungern! Wenn ich noch ein paar Tage nichts zu Beißen kriege, dann bin ich am Ende genauso ein Klappergestell wie die ganzen berühmten Models – nur sehr viel ärmer!«

»Osman, du willst es doch so, mein Gott!«

»Frau, ich kann nicht mehr! Ich muss unbedingt was essen! Zeig mir bitte ein Restaurant, das ganz hier in der Nähe ist, ich kann nicht mehr weit laufen!«

»Da hast du aber ein Riesenglück, dass ich inzwischen eine richtige Fachfrau geworden bin, was die Restaurants in Brügge betrifft. Noch ein paar Tage, und ich könnte ein Buch darüber schreiben.«

»Schreib dein Buch bitte später, sag mir jetzt einen Laden, der hier in der Nähe ist und in dem man ordentlich essen kann!«

»Kein Problem, Osman, da hab ich genau das Richtige für dich. Ein kleiner, tunesischer Familienbetrieb mit sehr leckerer Hausmannskost, so wie du es am liebsten magst! Dazu ist das Lokal auch ganz gemütlich eingerichtet. Komm, ich zeige es dir. Wenn du hier aus dem Hotel rauskommst, musst du nur über drei Brücken gehen …«

Mit klapprigen Knien und klingendem Magen mache ich mich sofort auf den Weg.

Ich überquere einen Kanal nach dem anderen, gehe dann nach rechts und schon bin ich da. Genau wie meine Frau beschrieben hat, steht dieses hübsche Fachwerkhaus direkt neben einem Kloster. Voller Vorfreude stürme ich hinein und gebe sofort meine Bestellung ab:

»Bohnensuppe, Köfte und Reis bitte!«

Die orientalische Kellnerin schaut mich völlig fassungslos an.

»Bohnensuppe, Köfte und Reis«, wiederhole ich, aber diesmal auf Türkisch.

Sie guckt immer noch dumm aus der Wäsche.

»Essen, essen, yemek, mandschare«, schicke ich hinterher. Diesmal kapiert sie.

Einen wirklich sehr hübschen und gemütlichen Laden hat Eminanim mir empfohlen. Alles ist total sauber, es gibt nur wenige Tische und an den Wänden hängen kitschige Teppiche mit vielen Kamelen und Bauchtänzerinnen.

Zur meiner Überraschung bekomme ich aber anstatt der gewünschten Bohnensuppe und Köfte nur Lamm mit Kartoffeln aus dem Ofen und dazu Kuskus mit Gemüse. Wer zu spät kommt, den bestraft der Koch!

Aber es schmeckt trotzdem alles herrlich hier und ich fange wieder an zu leben!

Ich hab noch Glück gehabt, denn der Gast, der nach mir kommt, bekommt gar nichts zu essen und haut ziemlich verärgert ab.

Fröhlich pfeifend und mit vollem Bauch verlasse ich das kleine Restaurant und genieße zum ersten Mal seit Tagen unser hübsches Urlaubs-Städtchen, das sich Brügge nennt.

Am nächsten Tag um die gleiche Zeit stehe ich natürlich wieder in meinem neuen Lieblingsrestaurant auf der Matte, bzw. auf dem orientalischen Teppich.

»Bohnensuppe, Köfte und Reis bitte! Essen, essen, yemek, mandschare!«

Bekomme aber wieder was anderes: mit Hackfleisch gefüllte Auberginen, Nudeln mit Tomaten und Knoblauchjoghurt. Aber wieder schmeckt alles köstlich, auch wenn ich nichts davon bestellt habe. Anscheinend hab ich erneut den Rest aus der Küche bekommen. Der Gast von gestern kommt schon wieder zu spät, kriegt wieder nichts zu beißen und verschwindet laut fluchend aus dem Lokal.

Den ganzen nächsten Tag schwärme ich meiner Frau von dem tollen Essen in ihrem Lokal vor. Was sich aber sofort als ein schlimmer Fehler herausstellt: Sie will heute Abend unbedingt mitkommen!

»Eminanim, lass uns dann etwas früher hingehen«, sage ich, »ich hab jedes Mal die letzten Portionen abbekommen und die Gäste nach mir wurden alle wieder mit leerem Magen weggeschickt! Ich hab überhaupt keine Lust, mein Essen mit dir zu teilen!«

Um kein Risiko einzugehen, trudeln wir diesmal eine Stunde früher in dem tollen Restaurant ein und ich gebe sofort meine Bestellung auf:

»Zweimal Bohnensuppe, Köfte und Reis bitte! Essen, essen, yemek, mandschare«, lasse ich wieder meinen Spruch los und halte der Kellnerin zwei Finger vor ihre Nase. Das nette Mädchen versteht sofort, was ich will, auch wenn sie weder Deutsch noch Türkisch kann, und verschwindet höflich lächelnd.

»Eminanim, das hier ist ein ganz besonderes Restaurant.

Was man bestellt, interessiert die hier herzlich wenig. Die haben Einheitsessen, ich bin gespannt, was wir heute bekommen. Man muss nehmen, was in der Küche ist, aber du wirst trotzdem begeistert sein! Aber du kennst es ja schon.«

Wie ich erwartet habe, besteht das heutige Menü aus Huhn mit Reis und einem Gemüseauflauf. Gut, dass wir rechtzeitig gekommen sind, meine Frau bekommt genauso viel zu essen wie ich.

»Eminanim, weißt du, was das Allertollste an diesem Laden ist? Die wollen nicht mal Geld dafür haben! Ist ja auch logisch, weil sie ja nie das servieren können, was ich mir wünsche, weigert sich die Kellnerin jedes Mal Geld anzunehmen! Ist das nicht prima? Los, hau rein, das ist alles umsonst!«

In dem Moment kommt schon wieder der Mann rein, der seit Tagen zu spät kommt und nicht kapiert, dass er um die Uhrzeit nichts mehr zu essen kriegt. Diesmal ist er richtig sauer und brüllt wie ein Irrer rum. Die arme Kellnerin, die ja nun wirklich nichts dafür kann, dass der Koch nicht mit so viel Publikum gerechnet hat, schreit genauso laut zurück. Und ich haue das knusprig gebratene Huhn begeistert rein, froh, rechtzeitig hier gewesen zu sein.

»Osman, interessiert es dich, warum der Mann und die Frau sich streiten?«, sagt Eminanin und will mit ihren bisschen Arabisch-Kenntnissen bei mir angeben.

»Das brauchst du mir nicht zu übersetzen, ich weiß, was deren Problem ist! Der Kollege kommt ständig zu spät, kriegt nichts zu essen, also ist er sauer und brüllt rum – so einfach ist das! Kann ich sehr gut nachvollziehen, würde mir genauso gehen«, schmatze ich.

»Nein, du weißt nicht, worum es geht!«, ruft sie. »Du isst diesem armen Familienvater seit drei Tagen sein Essen weg.

Der gute Mann arbeitet den ganzen Tag auf dem Bau, und wenn er abends nach Hause kommt, dann hast du bereits sein Abendessen verputzt. Seine arme Frau sagt, sie kann doch nicht einen Gast Gottes, womit sie dich meint, hungrig wieder auf die Straße schicken. Heute hat sie eine Portion mehr gekocht, aber da hast du mich mitgebracht! Jetzt kriegt ihr Mann schon wieder nichts zu essen!«

»Bei Allah, das kann doch nicht wahr sein! Aber du hast mir doch selber dieses Restaurant hier wärmstens empfohlen!«

»Nein, diese arme Familie habe ich dir bestimmt nicht empfohlen! Du bist eine Brücke zu früh abgebogen!«

Fiasko in Wien

Klasse! Ich fahre nach Wien! Aber nicht etwa, um mir einen faulen Lenz zu machen. Ich fahre auf Lesereise! Nach Wien will meine Frau Eminanim natürlich mit. Nach Duisburg, Bottrop oder Chemnitz muss ich immer alleine reisen. Sie hat diese Lesung in Wien wahrscheinlich überhaupt nur deshalb organisiert, damit sie sich die schöne österreichische Hauptstadt anschauen kann und jemand anderes dafür die Kosten übernimmt.

Aber ich ahne schon! Das wird trotzdem ein riesiges Verlustgeschäft! Allein das Bahnticket für Eminanim ist teurer als das mickrige Honorar, das ich normalerweise für eine Lesung bekomme. Und in Bezug auf Wien rechnet sich das Ganze sowieso nicht, die zahlen nämlich gar nichts! Die Österreicher sind noch geiziger als die Deutschen!

»Wenn Sie zum Nulltarif kommen wollen, ist gut, wenn nicht, auch okäy. Wenn wir dafür Geld ausgeben würden, dann könnten wir ja richtige Autoren aus richtigen Büchern vorlesen lassen«, haben mich die Veranstalter am Telefon überzeugt.

Ich dachte, dass sich mit einer tollen Reise nach Wien in Halle 4 und in meinem türkischen Männercafé sehr schick angeben ließe und hab deshalb sofort zugesagt.

Wir fahren also mit dem Schlafwagen zwölf Stunden lang nach Wien. Wobei ich anmerken muss, dass man das mit dem

*Schlaf*wagen nicht wörtlich nehmen sollte: Ich konnte bis Wien keine einzige Sekunde die Augen zumachen. Der ganze Zug war nämlich mit wild gewordenen, halbwüchsigen Schülern vollgestopft, die nicht im Entferntesten daran dachten, dass es noch andere Leute gibt, die vielleicht im Nachtzug an so was Abartiges wie schlafen denken.

Nachts um drei, als wir gerade in der Nähe von Fulda waren, habe ich die vier schlimmsten Mitglieder dieser Bande, die aus ihrem billigen Liegewagenabteil geflohen sind und es sich vor unserem Abteil gemütlich gemacht haben, aus dem Wagon rausgeschmissen (leider nicht gleich aus dem Zug). Aber dadurch wurde alles nur noch schlimmer. Der Höllenlärm bekam plötzlich ein System, um es den beiden Spießern, meiner Frau und mir, mal so richtig zu zeigen!

Als ich mich um 4:30 Uhr endlich aufraffe, um mich im Nachthemd bei den Lehrern zu beschweren, sehe ich, dass die vor den Horden geflüchtet sind. Wahrscheinlich hat diese durchgeknallte Affenbande sie dazu getrieben, sich im Speisewagen besinnungslos zu betrinken. Noch wahrscheinlicher ist es allerdings, dass diese jungen Gängster weder Lehrer noch irgendwelche Aufpasser oder Wärter haben. Vermutlich werden diese schwererziehbaren Jugendlichen gerade des Landes verwiesen, um sie loszuwerden. Man braucht wirklich kein ausgebildeter Sozialpädagoge zu sein, um zu erkennen, dass bei diesem Haufen alle Wiedereingliederungsversuche in die deutsche Gesellschaft für immer kläglich gescheitert sind.

Allerdings muss ich zugeben, dass der Höllenlärm der Jugendlichen ab und an durch Eminanims Schnarchen übertönt wird.

Gegen 6:45 Uhr wird meine Frau – ich weiß nicht, ob durch

ihren eigenen Lärm oder den der anderen – kurz wach und meint:

»Osman, jetzt stell dich doch nicht so an! Hör auf, dich über die paar süßen Kinder aufzuregen. Du warst wahrscheinlich auch irgendwann mal jung. Schlaf lieber, du musst heute Abend noch lesen!«

In Wien angekommen, bringt Eminanim mich ins Hotel und schmeißt mich ins Bett. Ich nehme an, dass sie mich ins Bett gebracht hat, weil ich bereits im Fahrstuhl eingeschlafen bin.

Um 19:30 Uhr weckt sie mich wieder und erzählt mir völlig aufgeregt, wie wunderschön doch diese Stadt da draußen sei. Die Wiener Altstadt sei wunderbar und der Stephansdom unglaublich toll! Und die gerösteten Kastanienverkäufer, die an jeder Ecke in ihren süßen kleinen Hütten stehen, hätten es ihr am meisten angetan. Jetzt könne sie endlich nachvollziehen, warum die alten Osmanen so scharf auf diese Stadt waren.

»Eminanim, was meinst du denn mit ›gerösteten Kastanienverkäufer‹? Sind diese Menschen selber geröstet worden oder verkaufen sie nur geröstete Kastanien?«, frage ich noch völlig benommen.

Ich nehme mir fest vor, gleich morgen früh ein paar geröstete Kastanienverkäufer zu probieren.

Der Veranstalter empfängt uns vor Ort sehr freundlich.

»Das ist ja schön, dass Sie da sind, Herr Engin«, ruft er.

»Ich bedanke mich noch mal für die Einladung«, sage ich.

»Konnten Sie sich unsere schöne Stadt schon anschauen?«, fragt er.

»Meine Frau schon, ich war einfach zu müde«, gebe ich zu.

»Das trifft sich ja gut, Herr Engin«, sagt er etwas verlegen. »Am besten fahren Sie gleich wieder in Ihr Hotel zurück und ruhen sich etwas aus. Es haben überraschenderweise so viele Autoren für heute Abend zugesagt, dass wir zeitlich gesehen für Sie leider keinen Platz mehr im Programm haben. Aber es war sehr nett, Sie mal persönlich kennengelernt zu haben. Vielleicht ein anderes Mal. Tschühüss!«

Mir fehlt die Kraft, um ihn zu würgen. Ich bin von der Reise so sehr geschwächt, dass er flüchten kann. So eine Unverschämtheit ist mir noch nie passiert!

»Ich fahre um die halbe Welt mit eigenem Geld, und man knallt mir einfach die Tür vor der Nase zu wie ’nem lästigen Hausierer! Eminanim, warum tust du mir das an? Wegen ein paar gerösteten Kastanienverkäufern?«

»Osman, stell dich nicht so an! Sieh das Ganze doch mal positiv: Jetzt brauchst du nicht zu lesen, und ich brauche mich für deine dämlichen Geschichten nicht zu schämen. Lass uns einfach früh ins Bett gehen, damit wir uns morgen die Stadt noch mal richtig angucken können.«

Ich rege mich so auf, dass ich eine ganze Packung Tabletten schlucken muss, um schlafen zu können.

Am nächsten Morgen im Frühstücksraum lerne ich den türkischen LKW-Fahrer Mustafa kennen, der zu meinem Leidwesen heute leider frei hat. Er freut sich aber über seinen ersten freien Tag nach vier Wochen ganz gewaltig, im Gegensatz zu mir. Mustafa fragt, was mich denn nach Wien verschlagen hätte.

»Ich bin Schriftsteller! Die Stadt Wien hat mich eingeladen, damit ich denen was aus meinen vielen Büchern vorlese«, sage ich großkotzig, damit er mich in Ruhe lässt.

»Das trifft sich ja hervorragend, Herr Engin. Mein ganzes Leben ist ein einziger Roman«, fängt er wie alle anderen Versager an, die in ihrem langweiligen Leben noch nie einen Roman gelesen haben. »Herr Engin, wenn ich's Ihnen erzählen würde, dann könnten Sie gleich ein Dutzend Romane darüber schreiben.«

»Danke, vielleicht ein anderes Mal«, sage ich voller böser Vorahnungen.

»Herr Engin, Sie haben unglaubliches Glück, dass ich heute frei habe«, ruft er.

»Es muss wirklich nicht sein«, jammere ich.

»Osman, ihr könnt euch ja in aller Ruhe unterhalten. Ich gehe raus, um mir das schöne Wien noch mal anzuschauen«, ruft die Verräterin, schnappt sich den Stadtplan und verschwindet aus dem Frühstücksraum.

Der Fahrer erzählt mir stundenlang von allen verdammten Staus in seiner armseligen Karriere, in denen er mit seinem dämlichen LKW jemals gestanden ist. Aber sekundengenau! Er kennt alle Autobahnen in der Ukraine, Moldawien, Bulgarien, Serbien, Albanien, Rumänien, Polen und der Tschechoslowakei. Aber dass die Tschechoslowakei schon vor Jahrzehnten aufgehört hat, zu existieren, das hat er nicht mitgekriegt.

Als Höhepunkt in seiner einzigartigen Fernfahrer-Karriere hat er sogar schon mal einen richtigen Hasen totgefahren. Ganz sicher ist er sich da aber nicht, da er auf der Rückfahrt trotz intensiver Suche die Leiche nicht finden konnte. Und er wäre sogar bereit – weil er mich doch in der kurzen Zeit so sehr lieb gewonnen hat –, mir diesen großartigen Stoff für einen packenden Roman zu überlassen. An den Filmrechten müsste ich ihn aber fairerweise dann schon beteiligen.

Gegen 17 Uhr kommt Eminanim mit strahlenden Augen und vielen Einkaufstaschen wieder.

»Los, los, Osman, wir müssen zum Bahnhof! Unser Nachtzug nach Bremen wartet schon auf uns.«

»Eminanim, stell dir vor, ich musste mir stundenlang nur langweiligen Schwachsinn anhören! Ich bin seit zwei Tagen in Wien und hab außer diesem Hotel nichts gesehen! Bei Allah, ich kipp gleich um!«

»Das nennt man wohl Berufsrisiko, Osman!«

Am Wiener Hauptbahnhof treffe ich den Anführer der asozialen Jugendbande wieder, die man aus Deutschland deportiert hat. Aber die Österreicher wollen sie vermutlich auch nicht haben und schicken sie wieder zurück.

»Oh, Herr Engin, das ist aber ein schöner Zufall«, ruft er, »unsere Städtereise nach Wien ist auch schon vorbei. Ich hoffe, Sie sind gut ausgeruht. Denn heute Nacht wird es wieder richtig zur Sache gehen. Es wird wieder eine richtig geile Zug-Party!«

Ich werfe mich ohne zu zögern sofort auf die Schienen!

Aber vier der Jugendlichen springen mir hinterher und schleppen mich in den Zug. Meine Peiniger erlauben es mir nicht, in Ruhe zu sterben, bevor sie mich die ganze Nacht hindurch bis nach Bremen mit ihrem Lärm fast zu Tode gefoltert haben!

ICH FLIEGE AUCH NICHT GERNE
TIL

New York, Goethe, Döner und Meister Propper

Ich freue mich riesig und kann seit Tagen nicht schlafen! Ich fliege nach New York!

Ich weiß nicht, wie meine Frau Eminanim das hingekriegt hat, aber das deutsche Goethe-Institut hat mich nach New York eingeladen. Einerseits wollen sie wahrscheinlich den Amis zeigen, dass nicht jeder Ali oder Osman automatisch ein Bombenleger ist, zum anderen wollen sie den Deutschen in den USA die Gelegenheit geben, das aktuelle kulturelle Geschehen in Deutschland zu beschnuppern.

Am Flughafen in New York beschnuppern mich aber zuerst die Polizeihunde und danach die Polizisten selber.

Und nach zwei Stunden intensivem Sicherheits- und Geruchscheck stellen sie fest, dass ich weder Sprengstoff- noch Drogenspuren aufweise, sondern nur ziemlich üble Knoblauchspuren. Und als sie mir endlich meinen Pass mit dem Bundesadler drauf zurückgeben, sagen sie:

»Garlic, very tipical dschörmän!«

Für die Amis ist mein Knoblauchgeruch was typisch Deutsches. Ich selber habe in Deutschland auch längst festgestellt, dass dieses Vorurteil, dass die Türken nach Knoblauch stinken, nicht mehr stimmt. Nein, ich glaube, ich muss mich etwas präziser ausdrücken: Dieses Vorurteil hat natürlich schon seine Berechtigung, denn die Türken stinken immer noch herrlich nach Knoblauch. Aber weil die Deutschen selber mittlerweile zehnmal mehr Knoblauch vertilgen als die Türken zu ihren besten Zeiten, fällt das bei denen jetzt nicht mehr ganz so unangenehm auf. Wenigstens in dieser Hinsicht sind die Einheimischen uns bilderbuchmäßig entgegengekommen. Das nenne ich mal beispielhafte, gelungene gegenseitige Integration.

Mein früherer Arbeitskollege Hubert, der vor zwei Jahren wegen einer Frau nach New York ausgewandert ist, holt mich mit zwei Stunden Verspätung vom Flughafen ab. Nein, nein, er ist nicht vor einer Frau nach New York geflüchtet, sondern zu ihr ins Exil gegangen. Freiwillig also – noch!

»Entschuldige, Hubert, die Amis vom Begrüßungskomitee hier am Flughafen fanden mich so toll, die wollten sich gar nicht von mir trennen.«

»Osman, du brauchst dich nicht zu entschuldigen«, sagt er, »weil ich weiß, wie anhänglich die sind, deshalb bin ich auch erst vor ein paar Minuten hergekommen. Aber du hast jetzt bestimmt Hunger, nicht wahr?«, stellt er mir meine Lieblingsfrage.

»Hunger hab ich immer, Hubert, selbst sofort nach dem Essen, und in der Fremde umso mehr«, sage ich.

»Mein Trick gegen das Heimweh ist was ganz Einfaches«, sagt er, »ich gehe sofort was Deutsches essen. Komm, wir gehen in mein Stammlokal.«

Ich mache mich auf die nächste Schikane in den USA gefasst, nämlich auf Eisbein mit Sauerkraut. Etwas später halten wir auch schon vor einem Restaurant in Queens an. Und meine Überraschung kennt im Land der unbegrenzten Möglichkeiten wirklich keine Grenzen mehr: Wir haben nämlich vor einem türkischen Restaurant angehalten.

»Immer wenn ich Heimweh nach Deutschland habe, komme ich hierher in mein Istanbul-Restaurant«, sagt Hubert und zieht den typischen Duft von orientalischen Kräutern tief in sich hinein. »Bei diesem herrlichen Döner-Geruch fühle ich mich sofort nach Deutschland versetzt«, schwärmt er.

»Nach Deutschland?«, frage ich immer noch völlig überrascht, »Hubert, ich glaube, dir ist der Hunger zu Kopf gestiegen. Du verwechselst da was! Du meinst doch, das riecht nach Türkei, oder?«

»Woher soll ich denn wissen, wie die Türkei riecht«, sagt er, »da war ich doch noch nie. Dönergeruch ist für mich Heimatgefühl, Deutschlandgefühl!«

Ich bohre natürlich nicht weiter, um seine Träume oder den Geruchssinn nicht noch mehr durcheinanderzubringen. Ich bin schon froh, noch mal glimpflich um Sauerkraut und Eisbein herumgekommen zu sein. Ich bestelle in Amerika, in einem türkischen Restaurant, bei dem peruanischen Kellner eine Riesenportion deutschen Döner mit griechischem Joghurt und dazu italienischen Wein.

Dann gehe ich fröhlich pfeifend meine Hände waschen. Kurz darauf komme ich begeistert zurück:

»Du, Hubert, ich habe plötzlich auch sehr starke Heimatgefühle bekommen. Auf dem Klo riecht es herrlich nach Deutschland: nach WC-Ente, Meister Propper und Domestos!«

Hals- und Beinbruch

Meine Frau Eminanim besteht darauf, dass wir dieses Jahr nach Weihnachten in die Alpen fahren. Sie möchte das neue Jahr in einer verschneiten, romantischen Berghütte empfangen. Hier in Bremen wartet sie ja immer vergeblich auf ihre weiße Weihnacht. Und als ob die Hüttenromantik nicht ausreichen würde, will sie auch noch unbedingt in ihrem zarten Alter Schifahren lernen.

»Eminanim, lern doch lieber Fahrradfahren«, sage ich, »mit Schifahren kommst du im platten Bremen nicht besonders weit!«

Aber sie will unbedingt Schnee und Schifahren, der Schnee ist es ja, der mir dieses ganze Alpen-Neujahrs-Schlamassel überhaupt eingebrockt hat, wegen dem ich jetzt meinen Urlaub nicht entspannt auf meinem Sofa verbringen kann, sondern einmal quer durch Deutschland fahren muss.

Ich erinnere mich, wie ich in der Türkei als Kind des Schnees wegen schon mal ins nächste Dorf gefahren bin (wohlgemerkt: ins nächste Dorf, nicht einmal quer durch die Türkei). Jemand überbrachte damals die sensationelle Nachricht, dass es angeblich im Nachbardorf geschneit hätte. Wir alle hatten bis dahin noch nie echten Schnee gesehen. Die Menschen bei uns im Dorf waren völlig aus dem Häuschen. Alle stiegen in einen Minibus, ich und mein Onkel Ömer auch, und fuhren sehr neugierig und gespannt zu diesem gesegneten und glücklichen Dorf. Aber als wir dort ankamen, war kein Schnee weit und breit. Wir waren alle sehr enttäuscht und warfen dem Nachbardorf vor, dass sie ihren Schnee vor uns versteckten. Mein Onkel Ömer war stocksauer und schimpfte sehr energisch:

»Los, ihr Gauner, rückt sofort den Schnee raus! Ihr seid keine Dorfnachbarn, sondern Neidhammel seid ihr! Her damit, wir wollen ihn auch mal sehen! Dieser Schnee kann sich ja schließlich nicht in Luft auflösen!«

Wir haben alle größeren Scheunen im Dorf durchsucht, es war aber leider nichts zu finden. Die Suche wurde schließlich auch noch dadurch erschwert, dass niemand von uns damals genau wusste, wie Schnee überhaupt aussieht. Angeblich sollte er so weiß sein und pudrig wie Weizenmehl.

Naja, später in Deutschland bekam ich ja dann oft genug die Gelegenheit, Schnee kennenzulernen. Vor allem Schneematsch.

Aber zurück zu unserem diesjährigen Winterurlaub: Wir geben also schon im Sommer unser gesamtes Urlaubsgeld für teure Schiklamotten und Schigeräte aus, so dass wir für den Urlaub selbst einen Kredit aufnehmen müssen, der so hoch ist, dass wir ihn sicher nicht mit dem Weihnachtsgeld abbezahlen können. Aber die zweitgrößte Nervensäge des Mittleren Orients besteht natürlich mal wieder auf ihrem Willen.

Wir fahren also am 28. Dezember mit dem Zug nach Garmisch-Partenkirchen, aber man bringt uns nur bis nach Garmisch. Ich verlange unser Fahrgeld zurück. Der Schaffner erzählt uns, dass diese beiden Orte eigentlich zwei verschiedene Städte sind, aber genau wie er und seine Frau aus Kostengründen zusammenleben müssen.

Frustriert steigen wir in ein Taxi. Meine Frau Eminanim sagt entzückt:

»Diese weißen Berge sehen doch todschick aus. Ich würde liebend gerne einen von denen nach Bremen mitnehmen. Ein Berg mehr oder weniger macht euch doch wirklich nichts aus, oder?«

»Versuchen Sie das bloß nicht«, sagt der Taxifahrer, »die gehören alle zum Inventar und werden jeden Abend immer wieder neu gezählt, damit die gierigen Touristen sie nicht klauen!«

»Ich werde dieses Riesending auf keinen Fall bis nach Bremen schleppen«, rufe ich. Der Taxifahrer lacht. Der findet das lustig. Er kennt ja auch meine Frau nicht!

Rechtzeitig zum Abendessen erreichen wir unser Hotel. Ich ziehe sofort meine teuren neuen Schisachen an. Diese zwei Meter langen Dinger an den Füßen stellen sich beim Gehen als sehr unpraktisch heraus und sind wirklich extrem ungemütlich.

»Osman, mit dir darf man sich ja wirklich nirgends blicken lassen, mein Gott!«, schimpft Eminanim wieder, »du hast ja wirklich gar keine Ahnung! Mit Schiern an Füßen geht man doch nicht zu einem romantischen Kändel-Lait-Dinner!«

»Wenn ich schon so viel Geld für einen zweiwöchigen Schiurlaub ausgebe, dann sollen es die Leute auch sehen«, verteidige ich meine, zugegeben etwas gewöhnungsbedürftige Abendgarderobe.

Mein Argument leuchtet ihr sofort ein. Sie meckert jedenfalls nicht mehr so lautstark. Sie begnügt sich nur noch damit, drei Meter entfernt von mir zu laufen und so zu tun, als würde sie mich gar nicht kennen.

»Ich wünsche dir Hals- und Beinbruch, Osman«, ruft sie von Weitem sarkastisch.

Dass der Arzt eine halbe Stunde später im Krankenhaus wirklich einen komplizierten dreifachen Schienbeinbruch bei mir feststellt, will ich trotzdem nicht ihr ganz alleine anlasten. Vielmehr werde ich den geistesgestörten Architekten verklagen, der in völlig verantwortungsloser Weise in einem Schihotel unglaublich steile Treppen mit mindesten fünf Stufen vor dem Restaurant gebaut hat!

Meine Frau besucht mich jeden Nachmittag im Krankenhaus. Und erzählt mir ständig, wie schön doch die Berge hier sind, und was für einen tollen Panoramablick man von der Zugspitze aus hat. Was für einen Spaß sie jedes Mal beim Schilaufen hat, wie gut ihr die frische Bergluft tut und wie nett ihr Schilehrer Sepp ist, mit dem sie jeden Mittag Semmelknödel isst. Aber natürlich nimmt sie davon auch kein Gramm zu, weil sie ja so viel Sport treibt.

Ich kann mir das alles nicht mal von Weitem angucken, weil mein Krankenhausfenster nicht in Richtung Alpen, sondern in Richtung Industriegebiet zeigt.

Die einzige Zugspitze, die ich in Bayern doch noch humpelnd zu sehen bekomme, ist die von unserem ICE-Zug, als wir nach 14 Tagen wieder zurückfahren.

Osman Engin im dtv

www.osmanengin.de

»Bei Engin bekommen alle ihr Fett weg und den Spiegel vorgehalten. Boshaft, kritisch, ironisch und witzig.«
Ramesch

Kanaken-Gandhi
Roman

ISBN 978-3-423-**20476**-7

»Engin erzählt in seinem ersten Roman in rasantem Tempo die aberwitzige Geschichte einer Abschiebung. Der ›Kanaken-Gandhi‹ beweist, dass Engins Humor langstreckentauglich ist.« *taz*

GötterRatte
Roman

ISBN 978-3-423-**20708**-9

Ein zwerchfellerschütterndes Beziehungsdrama.

Oberkanakengeil
Geschichten aus dem deutschen Alltag

ISBN 978-3-423-**20631**-0

Irrwitzige Geschichten eines ungeheuer integrationsversessenen türkischen Mitbürgers.

Don Osman
Neue heimtürkische Geschichten

ISBN 978-3-423-**20799**-7

»Osman Engin auf seine ›heimtürkische‹ Weise ist eine Bereicherung für die deutsche Satire-Szene und längst nicht mehr aus den Bücherregalen wegzudenken.« *Istanbul Post*

West-östliches Sofa
Neue Geschichten von Don Osman

ISBN 978-3-423-**20908**-3

Realsatiren zwischen Orient und Okzident – frei nach Goethe.

Getürkte Weihnacht
Illustrationen v. Til Mette

ISBN 978-3-423-**20931**-1

Ein Weihnachtsbuch der anderen Art, in dem Don Osman sich bemüht, das große Familienfest nach dem Vorbild der »Eingeborenen« zu feiern.

Don Osman auf Tour
Urlaubsgeschichten

ISBN 978-3-423-**20996**-0

Das etwas andere Urlaubsbuch: In unnachahmlicher Manier erzählt Don Osman von seinen Reiseerlebnissen.